自分なくしの旅／目次

第一章
世界のはじめに
7

第二章
ドリーミン・オブ・ユー
43

第三章
シー・ビロングス・ツゥ・ミー
75

第四章
こんな夜に
129

第五章
ラブ・シック
161

第六章
ゴチャマゼの混乱
181

第七章
サムディ・ベイビー
203

第八章
君の何かが
239

第九章
フォーリング・フロム・ザ・スカイ
263

第十章
夢のつづき
297

解説
山田五郎
319

自分なくしの旅

第一章

世界のはじめに

僕はその朝、夏の気だるい風に吹かれながら白のスーツ姿で、京都駅のプラットホームに立っていた。

ズボンは裾《すそ》広がりのパンタロン。その下に五センチ以上あるヒールの革靴（これも白）をはいていた。

僕のコンプレックスはあと一センチ足りないところ。

だからいつも集合写真では、気持ち一センチ爪先立ちをしたし、背丈を聞かれると、ムキになって「一七〇センチジャスト！」と、答えた。

「イヌ、今日おまえ、めっちゃ背、高いやんけー」

「そのスーツ、何やイヌ、どこぞのパーティでも行くつもりやねん！」

見送りに来てくれた高校時代の友達三人が、口々に僕の変化を指摘して笑った。

「それにイヌ、これから東京の予備校行くちゅうのに、ギターケースだけ持って、どないすんねん！」

坊主頭の伊部がツッ込んだ。

「違うて、他の荷物はもうあっちに送ってしもたんやて」

僕が言い訳をすると、今度は池山が、

「イヌ、おまえ、まだ本気でボブ・ディランに成れる思てんのと違う？」

と、ツッ込んだ。

高校時代の友達は僕のことを〝イヌ〟と、呼んだ。それは顔も情けない犬に似てたんだけど、〝乾純《いぬいじゅん》〟という名前からきたアダ名。

その日の演出は、〝ぶらり旅に出るフォーク・シンガー〟。いつか見たディランの写真のようにギターケースに腰かけ、自由という名の汽車を待つ感じ。

「ディランというか、そのスーツ『シクラメンのかほり』の、布施明ちゅう感じやな」

と、ビチまでが言ってきた。

「もう、ええって！　そんなことより、俺は絶対、来年こそ東京の美大に入るから、待っといてくれや！」

僕は自分の置かれている〝浪人生〟という立場を消したかったんだ。

「イヌ、ホンマがんばれよ、俺らの中で夢叶《かな》えられんの、おまえだけなんやし」

三日前、お別れ会と称し、河原町で飲んだ時も、みんなはしつこく何度もそう言った。

実家の寺を継ぐのが嫌で、ヤンキーの仲間に入りグレていた伊部も今は仏教の大学に通っている。

「でもな、そう易々《やすやす》とは変えられへんねん人生って、決ってることをやっていかなあかんねん、わしはもう諦めたんや、諦めるちゅーことも人生には大切なんや」

「おまえ、何か益々、シャカに近づいてきたんと違う？」

僕は伊部の説法にチャチャを入れた。

「なぁ、ビチもそう思うやろ？」

突然振られ、ビチは戸惑《とまど》いながら、

「伊部の言う通りや」

と、続いた。

ビチ（このアダ名は〝チビ〟からきたもの）も、今では家業の中華屋を継ぐべく見習い生活。

「イヌはええよなー、一人っ子やさかい、何でもやらしてもらえるさかい」

大学の学費を稼ぐためバイトに明け暮れている池山にそれを言われると何も言い返す言葉がない。

僕は今まで何一つ、自分の力でやったことがないからだ。上京を決断したといっても、段取りをしてくれたのは全部、両親だ。

「また、いつか会おうぜ」

そんなセリフを一言残し、京都を後にしようと思ってた僕の演出は見事に壊れた。プラットホームに虚《むな》しい風が吹く。

「だからイヌ、夢叶えん限りは戻ってくるなよ、絶対やぞ」

伊部が照れ臭そうに握手を求めてきた。

「ありがとう」

友達との会話も途切れ、現実に引き戻されそうになったその時、

「イヌーっ！　イヌーっ！」

と、池山の叫ぶ声がした。

池山はホームに上る階段に立って後ろを何度も振り返りながら「早く！　早く！」と、誰かを手招きしていた。

僕はその時、〝まさか〟と思った。

池山の後ろから、「もーう、無理」とか、「もう死ぬ」とか、特徴のあるハスキーボイスで階段を昇ってくる加代子の姿を目にした時、僕の頭は今日のスーツのように真っ白になった。

〝来てくれたんだ……〟

「もう、あんた、急ぎ過ぎやで、殺す気か」

薄いブラウスにタイトスカート、いつものように厚化粧、加代子はそこにいた誰よりも大人っぽい雰囲気を漂わせながら僕に近づいてきた。

「イヌ、どうや、わしの力やで」

池山は得意気に親指を突き立て言った。

〝加代……〟

僕はその瞬間、彼女しか見えなくなった。

〝加代……〟

名前が呼びたい……

加代子は僕の前に立つと、

「約束通り、来たよ、加代ちゃんエライやろ」

と、笑った。

一つだけ歳上なんて思えない。加代子の前ではいつも僕は子供だ。

「どーしたん？　ジュウーン、そのスーツ、カッコエエやん、布施明みたいやわ」

また言われた。違うんやて。ホンマは映画『バングラデシュのコンサート』で見たジョージ・ハリスンを気取ってるんやて……でも、そんなことはどうでもいい。

僕は返す言葉も浮かばず、いきなり彼女に抱きついた。

「おーっ！」「おーっ!!」

はやしたてる友達の声が遠くに聞える。もう、どう思われたって構わない。

その時、加代子の体からはあの香水の匂《にお》いがした。あの時と同じ……

「コレ、シャネルの5番、マリリン・モンローと同じやつやねん、おっちゃんが誕生日にくれよったんや」

加代子はあの時、何も聞いてもいないのにそう言った。

きっと極楽浄土というものがあるとすると、こんな匂いが漂っているに違いないと思った。僕はこの匂いを嗅ぐと体がフラフラした。

「今日もそろそろ、おっちゃんの来る頃やから、帰った方がええよ、ジュウーン」

僕はいつも彼女の口から〝おっちゃん〟という単語が出た時、現実に引き戻され、言い知れぬ恐怖を感じた。だから、それについて聞き返しはしなかったし、ただ「うん……」とだけ答え、トボトボと彼女のアパートを後にした。

「ジュウーン、こんな関係、おっちゃんに知れたら大変なことになるわ」

加代子は外国人のような発音で僕の名を呼び、変なイントネーションの関西弁を使った。

知り合ったのは偶然。池山の母親が突然、千本通《せんぼんどおり》でパン屋さんを始めたのがきっかけ。

「イヌ、夜、残ったパン食いに来いや」

そんな電話を池山からもらって、僕は美術予備校の帰りバイクでパン屋に立ち寄った。

「どう？　デッサンとかやってんの」

絵などに興味があるはずもない池山に聞かれ、

「まぁな」

とテキトーに答える。

「いっぺん見せてくれやぁー」

先ほどまで先生にボロクソに貶《けな》された絵を見せる気にもなれず、「今度な」とか誤魔化して、僕は売れ残ったパンを貪《むさぼ》り食った。

そんな夜、少し開いた店のシャッターを無理矢理押し上げて、「まだ、やってますぅ？」って、言ってきた女がいた。

ショートカットで、『グッド・バイ・マイ・ラブ』を歌ってた頃のアン・ルイスっぽいルックス。下唇がポッテリしていて、これがグッときた。一七〇センチぐらいあるんじゃないかな、見るからに僕より背が高い。ジーンズ地のミニスカートからは、ボリュームのある太モモがニョッキリ出ていた。

「あ…の、もう店は終りなんやけど」

どぎまぎした声で、池山が答えると、

「でも、あんたら食べてるやん？　ひょっとしてドロボーか」

と、言ってきた。

「ア…アホ言え！　ここはうちの店じゃ」

「じゃ、売ってぇーや！」

加代子は断りもなく、シャッターをくぐって店内に入ってきた。そして、僕が座ってる丸椅子の上、すなわち僕の膝《ひざ》の上にいきなりお尻を載っけてきて、

「固いこと言わんと、食べさせてよー」

と、大声を出した。

とっさの出来事に、十八年間も童貞をこじらせてきた僕の体はコチンコチンに硬直した。それを見た池山もあんぐりと口を開けたまま、その場に立ち尽している。

「なぁ、そのパン、加代ちゃんに頂戴、アーン」

僕の方に首を回し、大きく口を開けている。こんな間近で女の口の中を見るのは初めてだ。

僕は彼女に手を摑《つか》まれ、ゆっくり腕を上げた。そして、手に持った食べかけのパンを彼女の口の中に入れた。

「もっと、もっと頂戴」

彼女が動くたび、お尻が揺れるので、僕の膝というか、モロ股間が擦《こす》れてしまう。

「頂戴、アーン」

この女こそ、〝フリーセックス主義者〟に違いない！　と、僕は確信した。

もう僕の意志は働かない。体中の血液がぜーーんぶ股間に集ってきて、あぁ……

「あ――っ！　この子、大きくなってる‼」

と、彼女は大笑いしながら僕の膝から飛び降りた。

それが僕とこの女との出会い。どんな出会いやねん！

僕はその日以来、彼女を目当てにパン屋に通うことになった。

そして彼女が、加代子という名前で、自分のことを〝加代ちゃん〟と、呼ぶことも、このパン屋の二階にあるアパートに住んでることも、岡山出身で、昨年から京都の短大に通っていることも、火曜日と金曜日はバイトがなくて暇にしていることも知った。

僕の何度目かの、思い込みの恋がまた始まったんだ。

「これ、ジュウーンのバイク？　今度、後ろに乗っけて海に連れてってよ」

加代子が言うので、

「あぁ、ええよ……」

と、答えたが、僕のバイクは原付だった。浪人決定の日に伊部から二万円で譲り受けたもの。いつかは加代子を乗っけて、どっかの海へ行って、その帰りにラブホテルに寄れるような大型バイクの免許を取りたい。

「今日はパン屋さん本当にお休みみたいよ」

その日もバイクを店の前に止めていると、二階の窓がガラリと開いて、加代子が顔を覗《のぞ》かせて言った。

もうその頃は、タダで食えるパンのことなんか、どーでも良かった。「あ、そー」とか言って、一応帰る仕草をしていると、

「うちの部屋に来る?」

と、天使の声が聞えた。

〝まさか……〟僕はどうすればいいのか分らず、聞えないフリをしてエンジンのかかりにくいバイクを何度かキックした。

今度はさっきよりも少し大きめな声で、

「ジュウーン、上ってきて」

と、甘えたような声が聞えてきた。

僕は即、バイクから離れ、パン屋の横にある鉄の階段を、何かに操られるように昇った。二部屋のドアが見える。きっと加代子の部屋は奥の方だ。恐る恐る戸口の前に立つと表札代りに、名刺の裏側が画鋲《がびょう》で留めてあり、

〝鉄男〟

と、太い手書き文字で名前が書いてあった。ノックしていいのやら躊躇《ちゅうちょ》していると、ドアが開き、加代子が顔を出した。そして、

「その表札、コワイやろ」

と、言って笑った。

「女の一人住いやと何かと危ないやろ、それうちのお父さんの名前やねん――、魔除《まよ》けみたいなもんやねん」

僕は玄関先で立ち尽していた。

「上って、上ってー」

言われるままに靴を脱ぎ、八畳ぐらいある部屋に通された。よく知らないけど、何だか大人の女の臭いが充満していて、それだけで僕はクラクラした。

「何か飲む？」

「いや……」

「そこ、座りーや」

「あ、はい……」

「ジュウーンって、そんなに大人しかったっけ？　なぁ、前から見たかったんやけどな、絵、見せてよー」

そう言って加代子は、僕の横にピッタリ寄り添ってきた。後ろはベッドだ。ベッドだ！

あの時のアーンをした加代子の大きな口がすぐそこにある。僕は焦りながらカルトンを広げ、中から今日描いた石膏《せっこう》デッサンを一枚取り出した。

「めっちゃウマイやん、ジュウーン！　来年は絶対、受かるで、あんた」

と、加代子はチラッと見てテキトーに言った。絵なんかに全く興味がない様子だ。そして、僕の膝に馴《な》れ馴れしく両手を置いてきた。これは何を意味するのか？　僕は、きっと〝キスの要求だな〟と、思った。

しかしその瞬間、やかんが台所でピーピー鳴り、加代子は急に立ち上った。

「コーヒーでいい？」

加代子は何事もなかったように会話を続けてる。〝良かった……キスの要求ではないのだ〟、僕は自分に言い聞かせ、冷静さを保とうとした。

卓袱台《ちゃぶだい》にコーヒーカップを二つ並べて、加代子は部屋の隅にあるカラーボックスの裏からタバコとガラスのハイザラを出してきた。

「ジュウーンも喫《す》う？」

僕は「持ってるから」と、カッコをつけ、ジーパンの後ろポケットから、クシャクシャになったハイライトを取り出した。

「ムード出すぅ？」

よく知らないが娼婦のようにそう言って、加代子は部屋の電気を消し、机の上のゼットライトを上向きに、間接照明風にした。

加代子の喫う細いメンソールのタバコと、僕のハイライトの煙が、部屋の天井に立ち昇り、ゆっくりと結合してる。〝いや、間違ってはならない、相手にその気など全くないんだから……〟、僕は何度も何度も心の中で唱えた。

すると加代子は、

「ジュウーンは彼女がいるの？」

と、聞いてきた。

〝いない〟と、即答するのは簡単だけど、これは引っ掛け問題に違いないと思った。

「まぁ」

どっちとも取れるように答えてみた。

「ふーん」

話が終ってしまった。

「ねぇ、ジュウーンって身長何センチある？」

またも突然の質問にドキッとした。

「加代ちゃんはねー、一六九センチあるから、加代ちゃんよりも大きい人がタイプなんよ」

僕はその瞬間、

「オレ、一七〇センチジャスト!」

と、ムキになって答えた。

「へぇー、高くは見えんけどね」

そう言いながら、またも僕の横にピッタリ寄り添ってきた。

僕はまた嘘をついてしまったことにドキドキした。

そして沈黙。加代子はアンニュイな表情をして窓の外を見ている。

どう考えてもこれはキスの要求でしょ! 僕は、もうどうにでもなれ! と、あのポッテリした下唇に自分の唇を押し付けようとした。

「ま、待って……今日はキスだけやでジュウーン」

加代子はそう言って静かに目を閉じた。

〝キスだけって……〟まさかセックスまでは考えてなかったので、その発言にドギマギした。

成りゆきで僕は加代子を床に押し倒す形になった。〝これからどうする⁉〟僕の頭の中で半鐘がカーン、カーンと鳴っている。

でも、ゴムを持ってない! もしかして子供が出来たらどうする⁉ 僕の将来、絵で食っていく夢はどうなる⁉ 子持ち浪人生なんてアカンやろ⁉ そんなことより、どう脱がせばいいんだ……

いろんなことが頭の中を、ぐちゃぐちゃになりながら駆け回った。

気が付くと加代子は、冷静な目で下からじっと僕を見つめてた。

「なぁ、ジュウーン、セックスは今度にしよ、今日はもうすぐしたら、おっちゃんが来てしまうから」

加代子はハッキリした言葉でそう言った。

〝おっちゃん⁉　って……〟

初めて聞く名前に僕はとっても怖くなった。そして、表札に書いてあった〝鉄男〟を思い出した。

慌てて加代子の体から離れ、テーブルの上の冷めきったコーヒーを正座して一気に飲み干した。

「帰るわ……」

僕はすばやくカルトンにデッサンを仕舞い込み、スニーカーをテキトーにはいてアパートの外に出た。

夕暮れの街は静まり返っていた。

僕はパン屋の前に止めたバイクに跨《また》がって、必死でキックをした。

〝プスン…プスン…プスン…〟

こんな時に限ってかからない。

〝プ…プスン…プスン…〟

気を落ち着けて、もう一度——

〝プ…プスン…プスン…〟

全くかかる感じがない。

そうこうしてる内に、人通りのなかった道に一人、こっちに近づいてくる男が見えた。きっとその〝おっちゃん〟——〝おっちゃん〟と加代子に呼ばれている奴に違いない。焦る……焦る……。

〝プスン…プスン…〟

おっちゃんらしき人物はさらにどんどん近づいてきて、遂に僕の前に立ちはだかった。

そして、

「おい、バイクかからへんのなら、わしがかけたろか」

と、ものすごいドスの利いた声で言った。

僕を乗せたヤマハ・ミニトレはとても原付とは思えぬ爆音を発して街を疾走した。爆音の原因はマフラーに開いた穴にあった。ヤンキーテイストに伊部が改造したせいだ。かかりにくい原因は数度の転倒。タンクは凹《へこ》んでいるし、車体の傷も相当だ。

あまりに激しい震動で、荷台に載せたカルトンも吹き飛ばされそう。僕は生れて初めてスピードと一体化したんだ。

千本通を左に曲り、今出川通《いまでがわどおり》。路面電車の石畳の上に車輪を乗り上げ、

〝ガタガタガタ……〟

〝バリバリバリ……〟

バイクはさらに加速した。

〝ハァーハァーハァー〟

信号で停車しても体の震えはまだ止まらない。

〝ブルブルブル……〟

〝ブルブルブル……〟

いや、これはバイクの震動のせいだけじゃない。〝おっちゃん〟の存在を知ってしまったショックのせいだ。

こんなことならあの時、バイクなど置き去りにして走って逃げれば良かった。

「おい、聞いとんのか！」

〝おっちゃん〟の、ドスの利いた声は僕の鼓膜をビリビリ震わせた。

「おう、ちょっと代ってみぃー」

僕は〝おっちゃん〟の顔を真面《まとも》に見られなかった。だって僕は、間男なんだから。セックスには至らなかったけど、キスをしたことには違いない。

「おい、早よどけや」

「は、はい……」

僕は俯《うつむ》き加減にバイクを降り、〝おっちゃん〟の、後頭部を見つめた。角刈りだ。白のダンガリーシャツにジーパン姿。体はかなりガッチリしてる。

バイクに跨がり、キックを始めた時、僕はチラッと顔を見た。

〝テ…テキサスだ！〟

マカロニ、ジーパンが殉職、『太陽にほえろ！』の七曲署《ななまがりしよ》に配属された新入り刑事《デカ》。僕の一番苦手だった体育会系の、テキサス刑事に似ていた。

「おい、このバイクな、いっぺん修理に出した方がええぞ、完璧にイカれとる」

〝プスン… プスン… プスン…〟

〝プスン… プスン… ブル… ブルルル…〟

〝ブルルル――――ン〟

「おい、かかったぞ」

テキサスはそう言うと、僕の腕を摑んでハンドルを握らせた。

「す…すみません……」

僕はペコペコ頭を下げながらバイクに跨がった。

「おう」

と、言ってテキサスは僕の肩を思いっきり叩いた。そして、手を軽く上げ、加代子の部屋に向って階段を昇っていった。

〝ハァーハァーハァー〟

きっとその後、加代子は、〝遅かったねぇー〟とか言っておっちゃんを迎え入れ、ブチュと先ほどまで僕の唇が当ってた部分でキスをかまし、ベッドに押し倒され、〝待って……〟と拒んでも力ずくで、服を脱がされ、その内〝ア……ン……抱いて……〟とか甘い声を漏らしているに違いない。

〝ブルンブルン…　バリバリバリバリ——!!〟

そんな想像をかき消すように、僕はエンジンを吹かした。

〝バリバリバリ　ミ——ン!!〟

〝ミィ——ン!!〟

僕はこの街を恨んだ。はんなりとした京都にはもううんざりだ。「おおきにぃ〜」「そうどすえ～」「いややわぁ～」「すかんたこ～」、こんな街、ちっともロックじゃない！　何もかもこの街のせいだ。

加代子がセックスしていると思うと、無性に切なくなって、涙が溢《あふ》れてきやがった。

「ちくしょう！　ちくしょ――う!!」

〝バリバリバリバリ〟

僕は何度も何度も叫びながら廃墟の街を疾走した。

美大受験のための美術研究所は朝、昼、夜の三コースに分れていたが、僕は朝が苦手という理由で昼コースに通っていた。

それでも遅刻の連続、デッサンの席取りはいつも最後尾ばかり。毎回、人の頭で石膏像はほとんど見えず、ヘタな上にやる気もしなかった。

「おぬし、どうすんの来年？」

昼コースは三十人近くいたが全員、浪人生。数室を抜け出し、中庭でタバコを喫っていたらジョンさんが聞いてきた。大長髪に髭面《ひげづら》、さらに丸メガネをかけているもんで、当然アダ名はジョン・レノン。本人も意識してるんだろうけど、クラスの中で一番年長の三浪だ。

「ジョンさんは、どうしはるんです？」

浪人だって上下関係はある。当然、敬語だ。

「わしはもう後がないのでなぁー、来年は私大も受けるつもり、おぬしはまだ一浪やもんねー」

「いや、京芸や東京芸大なんて初めっから考えてませんし、東京の美大を目指してます」

現役の時、東京の美大を三校受験したが、見事に全滅。勉強よりもまだ絵を描く方が好き、そんな軽い気持ちで美大を目指していた僕は、この研究所に入って焦りを感じ始めた。

「東京目指すなら、東京のデッサンを学ばんとなぁー」

ジョンさんはそう言った。

「え、東京のデッサンって、あるんですか？」

「やっぱ傾向があるさかいね、東京には東京の、京都には京都の傾向があるからね。ま、それは審査するもんの好みとも言えるけどな」

「へぇー」

僕はいいことを聞いた気がした。その瞬間、このやる気のなさは、きっと京都に居るからに違いないと都合良く思い込んだんだ。

「やっぱ東京の美術研究所に通わんと受からんみたいやわ」

僕はさっそく家に帰ってオカンにそのことを告げた。

「絵の世界はよう分らんけど、そうなんか？」

「いくら京都でウマくても東京では通用せんみたい」

「…………」

親父はただ黙って新聞を読んでいた。僕にも分らないことはこの家の誰にも分らない。それでも一人息子の言うことは信じてやりたいと、いつか両親は思うようになった。

「一度の人生や、やりたいことをやれ、出来る限りは親として援助するから、でもそれ以上は自分の力や、努力次第やさかいな、がんばれ」

親父がある夜、夕飯の後に突然言い出した。真顔だった。自分から言い出したことなのに何だかとても不安になった。

相変らず僕のデッサンは週末の講評会でボロクソに貶された。

「乾君っていうたっけ？　志望校はどこ？」

天然パーマの講師・今井が聞いた。

「一応、武蔵美《むさび》と多摩美ですけど」

「無理っ！　絶対、無理っ！」

口をとがらせ、ツバを飛ばしながら言いやがった。

「なぁ、乾よ、これは何に見える？」

今井は台の上に載った石膏像を指差しながら聞いた。

「石膏像ですかねぇー」

僕はみんなの手前もあって、少し恍《とぼ》けた感じで答えた。クスクス笑い声が教室に広がった。あたりを見回すとジョンさんも笑ってた。

「違う！」

「じゃ、ブルータスの石膏像ですかねぇー」

「違う！　違う！」

今井はヒステリー気味に何度も顔を横に振った。

「これはな、光と影で構成された物体っ！　石膏像という認識を頭から取り払わなアカン」

僕は今井の言う意味がサッパリ分らなかった。

講評が終り、ザワザワとみんなが帰ってゆく。またいつものように取り残された気になって加代子のことを思った。〝おっちゃん〟事件からほぼ一ヶ月近く、僕はパン屋のある千本通は避けて帰ってた。

でも、貶されたデッサンをカルトンに挟み、バイクの荷台に載せ、僕の心はまたも加代子のことでいっぱいになっていた。

「今日はキスだけやでジュウーン」

「なぁ、ジュウーン、セックスは今度にしよ」

加代子の名ゼリフだけが頭の中でグルグル回る。でも〝おっちゃん〟が来ているかも知れない。口の軽そうな加代子のこと、僕との仲を漏らしでもしていたら今度はタダでは済まない。そうは思ってもバイクはどんどん加代子のアパートの方向に近づいていった。

〝バリバリバリ〟

〝ミ——————ン〟

「待って」と、言われても今度こそはセックスだ。僕はいつもバイクに乗るとやたら強気になった。

パン屋に近づいても、もうバイクを店の前に止めるようなヘマはしない。少し手前の路肩にバイクを止めて、ゆっくり歩き出した。もうその時、パン屋に池山が居ようが居まいが関係なかった。もう一度、僕はあの天国の階段を昇る気なのだ。どうにでもなれ！　だって僕はこの夏、京都を離れてしまうんだから。

遠い親戚だったけど、東京で僕を預ってくれるという話が持ち上っていた。当然、話を進めてくれたのは両親。僕はただ「がんばるから」と、くり返し言うだけだった。

加代子の部屋の電気は消えていた。それでも恐る恐る階段を昇ってみる。忍び足で加代子の部屋の前へ行き、ゆっくりドアに耳を近づけて中の様子を探った。こんな不審な行動をしている自分が分らなかった。ただ、今の僕を変えてくれるのは京都でただ一人、加代子しかいないということだけは確かなんだ。

部屋には誰もいないようだ。僕はサカリのついた野良犬のように〝ハァハァ〟言いながら階段を降りた。

高揚した僕の気持ちとは対照的に、商店街のアーケードからはシンセサイザー演奏によるフヌケな『ゴッドファーザー愛のテーマ』が、流れてた。ここは廃墟の街、僕が求めるロックなどあるはずがない。

僕はやるせない気持ちいっぱいで商店街をブラつき、仕方なくバイクに跨がった。

〝プスン……プスン……〟

早くこの場を立ち去りたいが〝プスン……プスン……〟と、またかからない。

その時、ハスキーボイスが商店街に木霊《こだま》した。

「ジュウーン!!　何しとるん!?」

声の主はもちろん加代子。僕はびっくりしてバイクから飛び降りた。

「お…おう、久しぶり……近所で用事があったから……」

僕は聞かれもしないのに、言い訳をした。

「ウソつき！　ジュウーンは加代ちゃんに会いに来たんやろ」

「いや……そういうわけじゃ……」

「うちに来る？」

加代子はサラリと言うと、僕の返事も聞かないでスタスタ先に進んだ。

「ちょっと……」

僕は焦りながらメス犬のお尻を追いかけまたアパートに向った。

加代子は部屋に入るなり、「ちょっとジュウーン、あっち向いててや」と、服を着替え始めた。

恋人でもないのに、ましてや兄弟でもないのに、何なのこのフランクな感じ。やはりフリーセックス主義者だ。僕はその間、ドキドキしながら窓の方をじっと見ていた。〃もういいよ〃という、お許しが出ないのでじっとそのままでいた。

「今日、大学でなぁーマラソン大会あってなー加代ちゃん堂々の三位！　スゴイやろー」

「なぁ、もうええの？」

「何がぁ？」

って、加代子は僕が気を使って後ろを向いてたことなどすっかり忘れてた。

「アホやなぁージュウーン、もうとっくに着替えたがな」

ゆっくり振り返ると加代子は何とパジャマ姿になって、台所でコーヒーを淹《い》れていた。

「ジュウーンも着替える？　男モノのパジャマもあるよー」

「そんなん……」

僕はギクリとした。そのパジャマはきっとおっちゃんのに違いないからだ。

「はい」

レトロな卓袱台の上に加代子がコーヒーカップを置いた時、ノーブラのオッパイがパジャマの下でブルンと揺れた。

「高校ん時はバスケ部だもん、加代ちゃんは、県大会でも二位までいったんよ」

話がもう変ってる。

部屋の隅にあるカラーボックスの裏からまたタバコとハイザラを出してきた。

「なぁ、タバコ、何で隠してるん？」

僕が聞くと、

「タバコ喫うてるとこ見つかったら、おっちゃんに殺されてしまうからや」

と、加代子は言った。

僕は少しイラついて、

「何でそんな男とつき合ってんのか分らへん」

と、言った。

「ジュウーンは優しいもんなぁー、加代ちゃんはおっちゃんより、ジュウーンの方が好きかも知れへんわ」

軽々しく言って、軽々しく笑って、童貞をもてあそんでいるんだな。

僕はもう辛抱出来なくなり、いきなり立ち上って加代子を抱き締めた。パジャマの下のオッパイがムニッと当った。そして思いっきりキスをした。当然、抵抗してくるだろうと思ったが意外にも加代子はされるがままだった。

今度はゆっくり舌を入れてみる。これが本当のキスの味なんだろ。「あぁん」と、小さな声が加代子の口から漏れた。僕は必死で舌を絡め、唾液を吸い上げた。

〝加代子……〟〝加代子……〟〝加代子……〟

頭の中では何度も叫んでる。

〝加代子……〟〝加代子……〟〝加代子――っ!!〟

「なぁ、ジュウーン」

一瞬にして現実に戻されるような冷静な声で加代子は言った。僕は我に返った。

「なぁ、ジュウーンは私のこと、どう思ってんの?」

凝視して真剣に聞いてきた。

「どう、って?」

僕は責任から逃れようとして少し惚けてみせた。

「好きなん？」

真顔で聞かれると、どう答えていいのか分からなくなった。

「好きじゃなかったら、キスとかしたらアカンよ」

「でも……」

「でも、何？」

僕がハッキリ好きだと言い切れなかった最大の理由は、

「だって、加代子には彼がいるやん」

つい勢いで初めて名前まで呼んでしまった。

「彼って誰？」

それはないだろ。

「おっちゃんのことや、おっちゃん！　この間、会《お》うてしもたわ!!」

「いつ？　どこで!?」

「先月！　この部屋を飛び出した帰りに会うた」

僕は必死であの時のやるせない気持ちを訴えようとした。

「先月って、いつ頃？」

加代子はきっと恍けているに違いない。

「僕がこの部屋に初めて来た日やんか、下でバイクかけとったらバッタリ会うたんや」

「ジュウーンが来た日……」

加代子からしたら遠い記憶なんだ。すると突然、笑い出し、

「なあジュウーン、何でその人がおっちゃんやて分ったん？」

と、聞き返した。

「そら、おっちゃんに決ってるやろ……ここの階段昇っていったもん」

僕も言いながら確証がないことに気付いた。けど、角刈り、体育会系、テキサス……

「おっちゃんに違いないって！」

いや、それは僕が勝手に想像した〝おっちゃん〟のイメージだった。

「その日、たぶん来なかったん違うかなぁー、おっちゃん」

「えーっ？」

だったらあの時のテキサスは誰なんや？

「その人、隣の部屋の人と違うかなぁー」

加代子はタバコを口にくわえ言った。

「ジュウーンってトンマやなぁー、で、どうしたん？　その人と喋《しゃべ》ったん？」

僕はあの夜の情けないバイクの事件を加代子に全部喋った。

「カッコ悪いなぁーそれ」

加代子はそう言って大笑いした。

〃じゃ、本当のおっちゃんとはどんな男なのか？〃

僕はもう聞く気にもなれなかった。

「ジュウーンとはゆっくりつき合っていきたいな、ゆっくり時間をかけて好きになりたいんや、加代ちゃんは」

完全にはぐらかされている気がしたが僕はもうどうでも良かった。またセックスが遠いところにいってしまったことだけは事実。でも、僕はこの夏、京都を離れて東京に行く。今ここで「好きだ」なんて言ってみてもどうなるわけでもない。僕は黙っていた。

「それに、おっちゃんとはもう別れるかも知れんし……」

加代子がポツリと呟《つぶや》いた時、胸がドキドキしてきた。

新幹線ひかり号の丸い鼻頭が、僕と加代子の仲を分けるように滑り込んできた。

「白線よりお下り下さい」

静かだったホームが途端に慌《あわただ》しくなった。僕はそれでも加代子を抱き締める手を弛《ゆる》めなかった。この体に染み付いたニオイをいつまでも嗅いでいたかったんだ。

「ジュウーン、来たよ」

そう言って体を離したのは加代子の方だった。

僕はようやくまわりが見えてきた。二人の突然の抱擁に呆気に取られてた伊部、池山、そしてビチの姿。そして何よりも現実に引き戻されたのは今ある自分の立場、浪人であるということを思い出した僕。またもプラットホームに虚しい風が吹き抜ける。

「じゃな」

伊部はそう言って僕にギターケースを手渡した。

「イヌ、ほなな……」

池山は浮かぬ顔。知らない内に進行していた加代子との仲を怪訝《けげん》に思っているに違いない。

「イヌ、東京遊びに行ったら、芸能人の女、紹介してや」

ビチが笑いながら言った。

僕はその間もずっと加代子が気になっていた。きっとこの後、〝ごめんねぇー友達の見送りがあってー〟とか、適当な遅刻理由を〝おっちゃん〟に言って、キス、さらにはセックスに及んでしまうんだろ？　きっと、僕のことなんてすぐに忘れてしまうんだろ？

車内に入り、僕は急いでホームが見える窓側の席に腰かけた。ビチが指で卑猥《ひわい》なサインを作って、こちらに向け燥《はしゃ》いでいる。僕は〝アホか〟と、聞えないツッ込みを入れた。すぐに電気信号で作られたベルが鳴り響き、ひかり号は僕だけを乗せ静かに動き出した。三人の男が大きく手を振る後ろで、加代子は無表情でただ突っ立っていた。

「えーっ!? ジュウーン、東京に行ってしまうのぉー、加代ちゃん、淋しいっ!」

ある日、あのアパートで遂に打ち明けた。加代子は大袈裟《おおげさ》に驚いてみせたが、胸の内はそうでもなかったんだろ。

「じゃ、加代ちゃんが東京に会いに行く! その時はバッチリ案内してやぁー」

キスだけじゃダメなんだ。女はセックスしなけりゃ男を〝彼氏〟と、認めない生き物なんだ。

〝飾られた言葉は
もう誰の扉も開けないだろう
君の造花は枯れはしないが
咲くことを知らない♬〟

僕は初めて独りぼっちになったことを自覚した。トンネルに入ると、窓ガラスには白いスーツを着た男が、今にも泣き出しそうな不安気な顔でポツンと映っていた――

第二章

ドリーミン・オブ・ユー

東京・御茶ノ水にある美術予備校。授業は四月から始まっていたが、僕は夏期コースから入学した。

コンクリート打ちっ放しの、素っ気ないビル。教室は階ごとに油絵、日本画、デザインと分れていて、朝・昼コースは浪人生、夜は主に現役の受験生でごった返していた。

僕は昼のデザイン・コース。一クラスは三十人ほどだ。二十畳ぐらいのフロアーを半分に分け、中央にカラスの剝製《はくせい》が台の上に載っている。僕たちはその不気味なモチーフを取り囲むようにイーゼルを立て、黙々とデッサンを続けていた。

ジョンさんがあの時教えてくれた〝東京のデッサン〟。そんなもの、どこにもないことを僕はここに入ってすぐに悟った。

「これ、誰？」

一週間かけて描いたデッサンの初めての講評日。このシステムも京都と何も変らない。

「これ誰の？　手を挙げて」

教室の壁に貼り出されたデッサン。うまい者順にA・B・C、さらに下はスモールa・b・cと作品の片隅に採点してある。僕の講評は最後に回ってきた。

「は…い」

僕は手を挙げずこのままこっそり帰宅したかった。

「君、これはマズイだろ、分る？　全く描けてない、ただ黒けりゃいいってもんじゃない、質感が全く伝わってこないよ、君、何浪だっけか？」

冷たい東京弁が教室に響き渡る。

「は、一浪です……」

「マズイよ、君、相当がんばらなきゃ、来年も無理だと思うよ」

悪いことをしたから怒られる。それなら納得いく。勉強しないから怒られる。これも納得しよう。でも、絵がヘタだからといって、怒られ恥をかかされることに、僕はまだ納得がいかなかった。

「それでは今日の講評はここまで」

緊張の糸が切れた瞬間に教室は騒《ざわ》つき、みんなは自分の作品を取りに席を立った。

「またねー」「どうする？　これから」「メシ食いに行かねぇー」「来週さぁー」

東京弁の波が少し止んだ時、僕は壁の一番下に貼られた作品をコソコソとカルトンの中に仕舞い込んだ。

途中から入学したこと、それに極度の緊張、東京の奴にバカにされたくないというちっぽけなプライド、これらが全《すべ》て加味されて、僕には一人も友達が出来なかった。

〝中央線に乗って君が
いつか会いに来る気がする
いつかおいでよ酒でも飲もうぜ
淋しさに凍え死にそうだ
コンクリートに囲まれたこの東京で♬〟

居候させてくれた親戚は、中央線の西荻窪に家があった。僕はいつもショボショボとした気持ちで帰宅しては、夜更けまでギターを弾いて歌を作ってた。

夏が過ぎ、秋が来ても、ちっともデッサンはうまくならず、みんなの前での恥辱プレーが続いた。僕は相変らず、教室の誰とも会話を交すことはなかった。

現役時代、美大を目指したのは何故だったんだろう？　そんな原点の疑問が何度も湧き上ってくる。幼い頃から絵を描くのは好きだったけど、一度も学校で誉められたことなどない。

「そんな、あんたが何で？」

オカンが言うのも無理はない。

小学生の頃、当然スポーツが出来る男子がモテた。その次は勉強が出来る奴、その次は絵がウマい奴と相場は決ってた。僕はせめて絵でモテたいと思い、女子の下敷きにスヌーピーやミッキーの絵をマジックで描いた。これが呆れるほど似てなくて、「買い替えてきてや！」と、泣かれたこともあった。そんな僕が何で？　当然の疑問だ。

本当の理由は恐ろしく単純で、走り出してしまった今ではもうその答えを口に出すことすら怖かった。

ある日曜の午後、

「純ちゃん、電話よ」

と、おばさんが呼びに来た。僕の部屋は玄関入ってすぐの左側にあった。

「すいませーん」

僕は慌てて部屋を飛び出し居間に続く廊下を急いだ。〝加代子かも知れない〟と、思ったからだ。あれから何度か手紙を出したけど、一度も返事は来ない。しつこい奴だと思われるかも知れないけど、僕にとって加代子に手紙を書くことは唯一の楽しみだったんだ。

「おう！」

電話口からは予想に反して、池山の声がした。

「何しとん？」

久しぶりに聞く友達の関西弁に笑顔が戻った。

「何しとん？　って、めっちゃ淋しくしとるわ」

僕は今すぐにでも会って、不安を全部聞いて欲しかった。

「おまえはどうなんや？　大学行ってるん？」

「本末転倒、バイトばっかしてるわ」

池山の声は優しかった。あれだけ嫌ってた京都の街も今では恋しい。

「それにイヌ、あれから加代ちゃんとは連絡取っとるん？」

ドキッとした。上京する時のあのプラットホームでの出来事。出し抜いた感まる出しで加代子と抱擁したことを池山が快く思ったはずがない。

「いや、全然取ってへんよ」

手紙を出していることなど言えるはずがない。

「どうやら引っ越ししたみたいやで。パン屋行っても一度も顔合わさへんし」

〝えっ！〟

返事が来ないのはそのためなのか？　僕は暗い闇に落された気がした。

「イヌ、今度な――」

「何？」

「ビチと二人で東京に遊びに行こ思てんねん、おまえんとこ一週間ぐらい泊めてくれや」

僕は答えに詰まってしまった。加代子の話を聞かされた後だったからかも知れないが気持ちが塞《ふさ》ぎ込んだままだ。

僕の立場は、あくまで浪人生なんだ。何も東京に遊びにやって来たのではない。池山とかと立場が違うんだ。

「十二月頃、行こう思てるんやけどええやろ？」

その頃は、二度目の受験を間近に控えてる時期じゃないか。

「あ、あぁ……」

僕はどっちつかずな返事をした。

「近づいたらまた電話するわ、案内してくれや東京、ビチも言うとったけど芸能人にも会わせてくれやー、頼んだでぇー」

電話を切った後ブルーな気持ちになった。


美術予備校では冬期講習が始まった。従来の生徒にまじって、この短期集中コースだけを受講する部外者が教室に集っていた。

僕はまたいつものように遅刻して、人の頭の遥か向うに石膏像を覗き見た。

木製のイーゼルを教室の後ろに立て、やる気が全く出ないので、ゆっくり鉛筆を削って、何度も外に出て、一人タバコを喫ってはため息をついた。

教室に戻ると、僕の席のまわりをウロウロしている女の人がいた。僕よりさらに遅れてきたので、イーゼルを立てるスペースすら空いていない。

「詰めましょうか？　ここ」

僕は初めて自分から声をかけた。描き始めてもいない上に、こんな場所からうまく描けるはずもない。僕は自分の席すら譲ってもいいと思ってた。

「す、すいません……」

か細い声で近寄ってきた彼女。何と、その時あの加代子と同じ臭いがした。チラッと顔を覗くと、〝誰だっけ……ほら……〟、どこかで見たことがある女優に似ている。僕はこの教室に似つかわしくないシャネルの5番の香りを嗅ぎながら、ずっとその女優の名前を考えていた。

また教室を出て、タバコを喫いに行った時、彼女も後からついてきた。軽い会釈を交し、彼女は高価そうなバッグからメンソールのタバコを取り出した。〝ほら、誰だっけ……ほら……〟

次の日、僕はいつもより少し早く家を出た。理由はハッキリしていた。

教室に入ると、すでに彼女は来ている様子で、イーゼルに描きかけのデッサンが立て掛けてあった。

僕は一瞬、目を疑った。その作品は僕にでも分るスモールc級もの。というかそれ以前の問題。胸像の全体を画面に収めなきゃならないのに、彼女のは石膏像の顔のみ、まるで似顔絵を描くみたいにドーンとデカく入れている。しかも全く似ていない。僕はこの予備校に通って初めて優越感というものを味わった。

しばらくすると彼女は戻ってきて、その顔だけデッサンの上に鉛筆で影を適当に付け出した。

僕は彼女の手前、今まで描いてきたデッサンの中で一番ウマいものを仕上げたいと思った。

「あのぉ……」

また廊下でタバコを喫っていると、今度は彼女の方から僕に近づいてきた。

「あぁ、どうも……」

〝ほら、誰だっけ？　似てる女優……もう、そこまで出かかってるのに……〟

「私、デッサンするの初めてなので、よく分んないんです、教えて頂けますか？」

僕に!?　このミスター・スモールcの、この僕に言ってるんですかぁー！

その時、遂に彼女に似ている女優を思い出した。それは高校時代、エロ友の本田と見に行った日活ロマンポルノ『生贄《いけにえ》夫人』でデビューを果した、東《あずま》てる美《み》だった。

「いやぁー、僕も大してウマくないんで……」

彼女が僕の過去を知らないのをいいことに、少し東京弁のイントネーションを気取って言った。

「実は私、美大を目指しているわけじゃないんですけど、趣味で絵を描きたくなっちゃって」

彼女は少しはにかんでそう言った。このビル中のみんなが来年の受験を目指し必死なのに、気楽なもんだなって思った。

その日以来、僕はあたりを見回し、「そこ、ちょっと陰影を気をつけて描いた方がいいんじゃないかなぁー」とか、小声で隣に座る彼女にアドバイスを始めた。

「ほら、よく見て、あの石膏像って、もっと奥行があるでしょ」

講評会で自分に言われたそのままのセリフを、得意気に語り、いつもなら教室が少し暗くなり出しただけで、そそくさと帰り支度を始めてたのに、時間ギリギリまで残ってデッサンに励んだ。理由は当然、東てる美似の彼女。

僕のアドバイスではスモールcの域は出なかったが、一応、石膏像全体が入ったデッサンを講評会に出すまでに彼女は成長した。

冬期講習五日目の夕方、いつものようにデッサンをしていると、

「夜の予定はありますか？」

と、彼女は僕に言ってきた。

「いや、ないけど……」

僕は〝夜の〟と強調されたことにドキドキした。

「いつもデッサン教えて頂いてどうもありがとう、今日はお礼って言ったら何ですけど、お食事でもどうですか？」

「はぁ……」

もう一度、しっかり彼女の顔を見た。確かに、東てる美に似ている……

「少しここで待っていて下さいね」

美術予備校の入口前、僕を残し彼女は御茶ノ水駅方向に歩き出した。

生れて初めての女子からのお誘い。「じゃ、またねー」「じゃーねー」、僕の前をカルトンを下げた受験生たちが通り過ぎてゆく。何だか僕だけが突然、大人に成ったような気がした。

少しして目の前の道路に真っ赤な小型車が止った。軽いクラクションの音がして車内を覗くと、助手席のドアを開け僕を迎え入れた。

「あ、ど…も」

僕は全く車には疎かったが、彼女の握ったハンドルが左の位置にあることから、これは外車だということだけは分った。やっぱり彼女にとって絵なんて、お金持ちの趣味だったんだ。

「私の知ってるお店でいいかしら」

「あ、ええけど……」

赤信号で停車した時、彼女は高そうなバッグの中からいつものメンソールタバコを一本取り出し、口にくわえた。

僕はその大人っぽい横顔に加代子の幻影を見た。

〝この彼女にもきっと男がいるに違いない……〟

夕暮れてゆく東京の街並み。車窓から見える景色は、何かに急かされて動き回る人や車。浪人生という、世間的には立場がない状態の僕だけが一人、取り残されている。来年、美大になんて合格する気が全くしない。僕はさらに不安になった。

「出身は関西なの？」

「あ、あぁ、京都、分りましたぁ？」

僕は少し戯《おど》けて言った。

「分るわよぉー、関西弁だもの」

「えー、完璧に東京人を装ってたんやけどなぁー」

「バレてるわよ」

彼女はそう言って、初めて大きく口を開け笑った。

た。

「うーん、金閣寺の近くやねん」

実家の近くには特出した観光地が見当らなかったので、僕はかなりエリアを広げそう答えた。

「いいなぁー京都、随分行ってない」

カーステレオからはボズ・スキャッグスの『ロウダウン』が流れてる。今、流行《はや》りのA・O・Rってヤツだ。僕は毛嫌いしていたが、彼女の車には合っている。

「今度、京都案内しよか？」

単にノリだけで言ったのに、

「うん！　絶対ね、約束」

どうなってしまったのか、二人の会話はスムーズに進み過ぎている。僕は調子に乗って饒《じょう》舌《ぜつ》になった。

「あ、名前、言うてへんよなぁー」

「本当だぁー、ずっと君の名前知らないまんまね」

〝キ…ミ……〟

車は賑《にぎ》やかな銀座通りに入った。あまり東京の街は知らないけど、ここには一度、中古レコードを買いに来たことがある。

「俺、乾純っていうんや」

「犬？」

「違うて！　それは高校時代のアダ名や」

「じゃ、〝じゅん〟って、呼んだ方がいいかしら？」

って、言われてもねぇ。

「私、金田美奈」

〝かねだ……〟、やっぱりお金持ちな名前なんだと単純に納得した。

「〝みな〟で、いいよ」

って、言われてもねぇ。いきなり呼べるわけがないだろ？

「ねぇ、じゅん、そこに路駐してもいい？　お店まで少し歩くけどいい？」

あ、そちらからいきなり呼ばれた。照れ臭かった。

僕たちは銀座通りを並んで歩いた。道行く人がジロジロ見てる気がする。それは高そうな白の（ミンク？）ロングコートと、高そうなブーツ姿の彼女とのミスマッチ。僕のその日のカッコウは上野・アメ横の中田商店で買った米軍払下げのアーミーコート。テレビドラマ『俺たちの旅』で、中村雅俊が着ていたやつだ。その上、ヒザの破れたジーパンと、ボロボロのワーク・ブーツ。髪は伸びに伸びて、もうすぐ腰ぐらいに届く。ハッキリ言って僕の姿はこの街に似合わない。彼女と並んで初めてそんなことに気付いた。

「じゅん、ココ！　ここの天ぷら、本当においしいから」

美奈、いや彼女は、そんなことに全く気を留める風もなく、うれしそうに僕を手招きして店内に入った。

困ったことにそこは生れて一度も入ったことのない大人の店だった。

誘われたのはいいが、ハッキリ奢《おご》るとは言われていない。親から仕送りはしてもらっていたが、今の持ち金はたぶん三千円くらい。恥をかいた上に、明日からここでバイトするのもイヤだ。

「今日は奢っちゃうから、いっぱい食べて」

彼女は、そんな僕の心の内を察したのか、そう言ってメニューを差し出した。

「じゅん、お酒は？」

これが後に恋の自白剤になるとも知らず、僕はいい調子でお銚子を何本も空けた――

僕の夢は、ボブ・ディランのようなシンガー・ソングライターに成ることだった。そのために高校時代、四百曲近いオリジナル曲を作っては、カセットテープに吹き込んできた。

高三の進路相談の時、僕は担任教師の前でそのことを告げたが、「もう一度、頭冷してから出直して来い」と、言われた。

フォーク・シンガーに成る道など、誰も教えてくれなかったし知らなかったんだ。〝自分に向いた道〟、さらに突き詰めれば〝自分って何？〟、そんなことばかり考えてた高校時代、いつも最後には頭が痛くなった。

「ねぇ、じゅんは将来そのフォーク・シンガーに成るの？　それとも絵描きさんに成るの？」

彼女の顔がさらに接近した。カウンター席なので時折、膝や手も接触する。店内は天ぷらの匂いが立ち籠《こ》めていたが、僕は彼女の体から発する微《かす》かなあの香水は嗅ぎ分けた。

「絵描きかな……」

その時、彼女の知ってる絵の世界はきっと油絵、しかも応接間に飾るような風景画ぐらいの狭いものだと思った。

「俺は絵描きとも違《ち》ごてグラフィック・デザイナーに成りたいねん。ほら、レコード・ジャケットとかにあるような――」

カーステレオで流行りのボズ・スキャッグスを流してるような人には分りっこないと思いながらも、

「ねぇ、どんなの？　教えて」

と、彼女が何の警戒心もなく僕に顔を近づけてくることがうれしくて話を続けた。

「ヒプノシスというグラフィックのチームがいてな。例えばピンク・フロイドとかのジャケット・デザインをやってるわけやけど――」

などと、熱く語り始めたのは、酒のせい。

「ピンク何とかって、どんなの？」

彼女はやっぱり女優の東てる美に似ていた。

静かな山奥で心中を図った若い男女。死に切れず朦朧《もうろう》としているところを中年オヤジが発見し、山荘に運び込み、二人をスッ裸にし、荒縄で縛り上げ、彼氏の見てる前で、変態調教をくり返す。それが『生贄夫人』、東てる美のデビュー作だった。

僕はもう目の前の彼女の体を全て知ってるような気にさえなっていた。

「ピンク・フロイドというのは、プログレッシヴ・ロックというジャンルのバンドでな。何ちゅうか、シュールちゅうか、宇宙的ちゅうか、瞑想的ちゅうか――」

口だけは勝手に動いているが、僕は彼女のポッテリとした下唇や、太く黒く引かれたアイラインに釘付けになっていた。

「もう一本、もらう？」

「あ、うん……」

彼女は軽く口を付けただけでそれ以上は飲まなかった。運転のこともあったのだろう。僕にお酌をしながら細長いメンソールタバコを何本も喫った。

「自分はどうなん？　どんな絵描きに成るん？」

彼女の興味がない話題が続いてしまったので、僕は話を切り替えた。

「自分って？」

彼女は切れ長の目を大きく見開いて、聞き返した。

「自分って、自分のことやん」

「はぁ？　自分って、じゅんのこと？」

「違うて！　自分って、自分のことやん」

僕はまだその時点でそれが関西弁であることを知らなかった。

「自分って、自分のことでしょ？　だから、じゅんのことでしょ？」

「え？　違うって！」

自分は自分のことだけど、関西では他人のことも自分と呼ぶ。〝自分って、そういうとこあるよな〟とか、〝自分って、変ってるなぁー〟とか、そんな風に相手に使う。

「自分って、自分でもあって自分だけのことじゃないのね。関西では」

何かとっても仏教的なことを聞かれてるような気になった。

「うん、まぁ、そうなるかなぁー」

「何の話だっけ？」

彼女は聞き直した。

「何やったっけ？」

僕もよく分らなくなった。二人は初めて気を許し、顔を見合せて大笑いした。

それから彼女が上智大学の三年生であることも、青山に自宅があり、何の会社か忘れちゃったけども社長令嬢であることも、そして僕より二歳上だったことも。

でも、本当に知りたいことは今、彼氏がいるのかどうかということ。さらに言えば、僕のことが好きなのかどうかって、こと。

結局、僕は酔い潰れ、店も閉店時間になり、仕方なく寒い外に出されてしまった。

「じゅんの家って、どこ？　送っていこうか？」

二歳上の彼女は、頼りない僕に優しく声をかけた。

「大丈夫……、大丈夫……」

そう言って、フラフラと歩き出した僕を見て、

「じゅん！　ちょっとそこで待ってて、今、車取ってくるから」

と、初めて大きな声を出した。

その瞬間、僕は歩道にへたり込み、寄せては返すクラクラの中で、一体僕はこんな所で何をしているのか？　と、自問自答した。受験はもうすぐそこに迫っているというのに。美術予備校のクラスメイトは今も必死になって自宅でもデッサンに励んでいるに違いない。僕だけが取り残されている。努力もしないで熱く女に夢を語り、ひょっとしたらこれからセックスが出来るんじゃないかと期待までしている。セックスって、僕はちゃんと出来るの？　コンドームを買った方がいいんじゃないの？　寒空の下、僕の股間だけは妙に熱かった——

池山から電話があったのは、それから二日後の夜。

「クリスマスぐらいまで泊めてくれやぁー」

と、言ってきた。

途中で電話を替ったのは、ビチ。どうやら二人はかなり酒に酔っている様子だ。

「なぁ、イヌ、東京行ったらな芸能人紹介してやぁー、ゲーノージンやで、ゲーノージン！アイドルやったら誰でも構へんでぇー。やらせてくれやぁー、な、イヌ」

相変らずな発言が、遠い故郷から聞えてくる。

「アホかぁー、オレは山口百恵で頼むわ。イヌー、な、一回だけでええしぃ〜〜〜！」

遠くに置き忘れてきたものを、僕は今、電話口に立ち遠い気持ちで聞いている。

「でも、その頃、ちょっと分んないなあ」

完全に気が引けた調子で僕が答えると、

「イヌ、おまえ、今何ちゅうた？　どこの言葉やねん。それって東京弁か？　なぁー、イヌ」

と、池山は突如、不機嫌そうな声で言った。

「東京弁ちゃうよ……」

言われてみてマズイと気付いて口籠《くちごも》った。

「イヌ、おまえ、関西の魂、忘れてしもたんと違うやろなぁ!?」

そう言って今度は凄《すご》んできた。ヤンキーにカツアゲされた時みたいだ。

「いや、その頃なデッサンの模擬試験があってな。かなりギリギリやねん……」

必死で嘘の言い訳している自分が醜かった。

「泊めてくれるだけで構へんって、迷惑かけへんさかい。親友やないけー。おまえはおまえでやってくれたらええんや。わしらは勝手にするさかい」

そう言われると何も反論出来なかった。

「ま、でも一晩ぐらいは飲み明かそうや！　な」

そう言われると、僕の心の中の『俺たちの旅』的青春にスイッチが入った。

「そうやな。久しぶりやもんな……」

〝関西の魂〟と、いうものがそもそも僕の中にあるのかどうか疑問だが、半年程度の東京生活で忘れかけていたことは、クサいまでに熱い、青春だったような気がする。高校時代、僕たちは同じ場所に居て、同じ気持ちでいられることを友情だと思ってきたんだ。

「ほな、二十二日の日な。新幹線の券買《こ》うたらまた電話するさかい、迎えに来てくれや」

断り切れなかった。断るということは、もう僕は昔の自分ではないと言い張ることになる気がした。受話器を静かに置いて、大きなため息をついた。そして、ここがアパートではなく、親戚の家であることも改めて思い出した。

受験勉強をするからと居候させてもらっているわけで、陽気に田舎の友達を泊め、ドンチャン騒ぎしているようでは追い出されるかも知れない。僕は自分の好い加減な態度に嫌気が差した。

彼女とはあの夜の出来事以来、顔を合せていない。大学のテスト期間なので来週一週間は美術予備校には来れないと言っていた。僕は急につまらなくなり、部屋でガンガンにロックを聞いたり、歌を作っては録音したり、名画座で映画を見たりして暇を潰していた。

奥の部屋で電話のベルが鳴ると耳を澄ませ、「純ちゃん、電話」と、おばさんが呼ぶと夢中で廊下を駆けた。

「あんた、どないしてるんや？　おばさんやおじさんに迷惑かけてへんか？」

受話器を取ってガッカリ、オカンだ。

「がんばってるって！　分ってるって！　ちゃんと食べてるって！」

何度も何度も同じ返事をくり返す。

「どうするんや？　お正月は、帰ってくるんか？　お父さんも心配したはるんやで」

即答しなかった。もしかして、彼女と大晦日《おおみそか》、どこかで過ごすかも知れないと思ったからだ。もう僕も十九歳を目前に、親といっしょに実家の居間で紅白歌合戦を見て、グダグダ言い合うのは嫌だと思ったからだ。

「年末と正月、みんなが休んでる時こそが浪人生にとって勝負の時やねん」

僕はやる気のあるようなセリフを吐いた。

「ま、それはあんたが決めたらええ、とにかく来年は受かってもらわなな」

「うん、分ってるって！」

当然、池山とビチが近々、遊びに来るなんてことは言えやしない。電話を切った後、おばさんにもそのことを申し出なければならないと思ったが、言い出せなかった。

〝雪が降る　淋しい街
君の姿　見つけられず
君の名前　銀世界に静かに響いてる
僕は一人　さ迷う街
一言　愛を告げたくて
SNOW　LIGHT　LOVE♬〟

僕はその歌のタイトルを〝MINA〟にした。Eマイナーから始まる淋しい曲調。

あの夜、彼女が運転する車の窓から初雪を見た。冷たい小雨が窓ガラスを曇らせたかと思うと、やがて静かな雪に変った。それはほんの数分の出来事だったけど、僕のセンチメンタルな気持ちに火をつけたんだ。

「じゅん、大丈夫？」

彼女は心配して、わざわざ西荻窪まで僕を送ってくれた。

「ねぇ、どこのアパートなの？」

まさか僕が親戚の家に居候になってるなんて彼女は知らない。

しどろもどろで事情を説明すると、彼女は「何で？」と、とても不思議そうに聞いた。社長令嬢には、よく理解出来ないことだったのだろう。

「じゃーね、気をつけて、私は明日から一週間、テスト期間なので美術予備校には行けないけど、じゅんはがんばってね」

家の前に車を止めて、彼女はそう言った。

「うん」

僕はそう言った後、まだ降りたくなくて、大きなため息をついてみせた。

「どうしたの？」

「だって……」

もうその頃にはすっかり酔いは醒《さ》めていた。

「どうしたのよ？　元気ないわねぇー」

「だって……」

二歳上の彼女の前で僕はスネた少年のように振舞った。

「だって、何よ？」

「だって、淋しいやん……」

自分で言って、体中がまたも熱くなった。

「困った子ねぇー、もう」

彼女の表情がルームミラーを通して見える。また一本メンソールのタバコを取り出し、ゆっくり煙を車内に吐き出した。僕は助手席で、次に彼女が何を言い出すか、ドキドキしながら待っていた。

「親戚の家じゃなきゃね」

彼女が呟いた言葉の意味を僕は考えた。

酒は恋の自白剤。僕はいつもより百倍、いや千倍、万倍の勇気を持って、

「今晩はいっしょに居たいんや……」

と、告白した。

彼女は、まだ半分も喫っていないタバコを運転席の横にあるハイザラでもみ消し、

「テストが終ったらね」

と、まるで子供に言い聞かすように言った。

そして、顔を近づけてきて、僕の頰に軽くキスをした。

〝雪明り　仄《ほの》かに揺れ
二人の影　一つになる

君と過ごすクリスマス
静かに目を閉じて
僕は君を見つめ続け
一言　愛を告げたくて
SNOW　LIGHT　LOVE
SNOW　LIGHT　LOVE♬〟

僕はこの夜を境に、上京の目的を受験から美奈に変えてしまった。

僕は車から降りて暗い夜道に取り残された。

「テストが終ったらね」、テストが終ったら何があるんだ？　たとえそれが僕が今、思うセックスであったとして、じゃ一体どこですればいいのか？　ラブホテルなんて一度も入ったことがない。それがこの東京のどこにあるのか？　そんな情報を教えてくれる人も地図もない。だったら、やはりここか？　寝静まった親戚の家の一室にこっそり入って、ドキドキしながらするというのか？

僕はそのことで頭がいっぱいになった。そして、もう一つ不安なことを思い出した。池山たちが遊びに来ている期間に重なったらどうしようということ。もう、童貞の手には到底負えない事態に気は動転するだけ。僕は彼女の車が見えなくなるまでそこに立ち尽していた。

その日は来た。

「うわぁー！」

と、叫んで池山とビチは新幹線を降りて来た。

「ビチ、おまえも早う深呼吸せんかい！」

プラットホームにいる人たちは不審そうな目で二人を見ては通り過ぎてゆく。

「これが東京の空気や、いっぱい吸うとかな損じゃ、だってこの空気、山口百恵の股の間を通った空気やさかいな！」

「そんなこと言うたら、全アイドルの股の間を通ってることになるやんけー」

「だから、いっぱい吸うとけ言うとるやろ」

二人は田舎モンまる出しで東京にやって来たんだ。もう完全に浮かれてる。僕はそのノリについていけなかった。

「イヌ、東京の女ってめっちゃカワイイな」

そう言ってあたりをキョロキョロ見回している。

「誰でもオメコさせてくれよるって、本当け？　イヌ」

ビチの声も大きくまわりにマル聞えだ。二日前、恐る恐る友達を泊めてもいいかと、おばさんに聞いてみたら、「いいわよ。少しはうちの家も賑やかになるわね」と、意外な返答に胸を撫で下したばかり。せっかくの好意が徒《あだ》になるのではとまたも不安になった。

二人はやっと気が落ち着いたらしく、僕の顔を改めて見て「よう、久しぶりやんけー」と、ホームで抱き付いてきた。この図、『俺たちの旅』的に言えば、中村雅俊の歌をバックにスローモーションがかかった映像で、カースケ・オメダ・グズロクの三人の笑顔がアップになるシーン。そして手書き文字で、

〝何も語らなくても

笑顔であれば分る

それが友情なのです〟

なんて、出るのが相応《ふさわ》しい。

両手に抱えた二人の重そうな荷物。池山に至ってはバックパッカー。しかも寝袋まで持参している。

「何、持ってきてんねん」

と、ツッ込むと、

「東京ってサバイバルや言うやないけー、いつ何時、どんなことが起きても俺だけは生き残

ったろ思て持ってきたんや」

と笑った。

本当はナイーブで気遣いする池山のこと、僕の部屋の蒲団《ふとん》の数を心配してのことだろうと思った。

「イヌ、おまえが恥かいたらアカンやろ」

二人の重い荷物の正体は、おばさんとおじさんへの土産物だった。

「えー人そうやんか、良かったなぁーイヌ、来年おまえ絶対受かるわ」

西荻窪の下宿に着いた。二人はおばさんとおじさんに受けが良く、友情に飢えた僕はその優しさに泣きそうになりながら何度も何度も「ありがとう」と、頭を下げた。

「伊部は羽振り良うてなぁー、寺の金でスーパーカー買《こ》うてもらいよったんや、ランボルギーニやで！　ドアが白鳥みたいに開くやつや、あいつ、そうでもせんと寺の跡継がへん言うて親を脅しとるらしいわ」

「将来、ごっつい生臭坊主に成りよること決定やな」

なつかしい話に目を細めたり、加代に新京極でバッタリ会ったという話にドキドキした。

「おまえ、加代とどこまでいったんか知らんけど、もうアカンぞ。キッチリ男の腕摑んで歩いとったわ。あいつはヤリ手やで、イヌ、おまえの手に負える相手やないで」

僕はもうそれを言われても、何も傷付かなかった。明日がちょうどあの日から一週間目。美奈のテスト期間は終ったはずだ。彼女は約束通り、美術予備校に姿を現すのだろうか？

僕は目の前の友情と、美奈をどう両立させればいいのだろうか？　と、思った。


その夜、おばさんに蒲団を貸してもらって六畳ほどの部屋がギューギューになった。電気を消すとすぐにどちらかの寝息が聞えてきた。不安だった東京生活、でも今は高校生だった夏、池山と行った隠岐《おき》島の旅を思い出し幸せな気持ちになった。

でも、目を閉じると美奈の顔が浮かんできて、僕だけが東京で少しずつ変ってしまうようで怖かった。

第三章

シー・ビロングス・ツゥ・ミー

童貞であるか、ないかはあくまで自己申告でしかない。「俺はもう童貞じゃない！」と、いくら言い張っても、それを証明出来るものは何もない。もし仮に童貞を奪ってくれた彼女が証言台に立ったとして、その時の僕の焦り様や、前戯がどうだったとか、何度もチャレンジした末やっとのことで挿入したとか、事細かに陳《の》べてくれたとしても、実際その現場に居たのは僕と彼女の二人だけ、口裏を合せてると言われかねない。それを確実に裏付け出来るのは第三者ということになる。「確かに乾はあの時、童貞を捨てました」と、立ち会い人に言ってもらえれば、僕の童貞喪失は成立するだろうか。でも、そんな役を一体、誰がするというのだ？　それに立ち会い人も童貞ってことになると、世間的な信用もないだろうし、悔しくて偽証をするかも知れない……

僕はまだベッドの中で、そんなことを夢の続きと現実の間で思っていた。少し頭が痛い。みんなで飲んだホッピーがまだ残ってるせいだ。

気が付くとカーテン越しに陽が差し込んでいて僕は重い瞼《まぶた》をゆっくり開けた。すると、床の上にキレイに畳んだ蒲団が二つ見えた。

「い…池山……、ビ…ビチ……」

小さく声を出して起き上ったが、二人の姿は部屋になかった。蒲団の上に走り書きのメモが一枚、〝麻布に行ってきます　夜帰ります〟と、あった。

わざわざ麻布になんて、あの二人に何の用があるのだろう？　それに時計を見ると、まだ朝の九時過ぎじゃないか。買い物するにしても、まだどこの店も開いてないだろうに。

僕はもう一度寝ようとベッドの中に入ったが、すっかり目が冴えてしまった。気がかりなことがあったからだ。今日、美奈は果して、美術予備校に姿を現すだろうか？　ということ。あの夜の「テストが終ったらね」の約束をまだ覚えているのだろうか？　もし、そんなことにでもなれば、僕は今夜、ここに帰ってこないかも知れない……。

いや、結局ラブホテルが言い出せなくて〝じゅんの家に泊っていい？〟なんて、美奈が言い出したらどうしよう？　まさか池山とビチの立ち会いの下、童貞を喪失するなんてことはあり得ないだろ！　僕は慌てて、上京する際に買った旅行ガイドブック『東京』のページをめくり、ホテルの欄を探した。当然、ラブホテルの在り処《あ　か》など載っているはずはない。かといってフツーのホテルは高過ぎる。どうする？　どこでする？　やっぱりこんな大切な日に友達を泊めるんじゃなかった。僕は今さらのように後悔した。

久しぶりに行く美術予備校は憂鬱《ゆううつ》になるほど活気に溢れていた。それは当然のこと、受験が近いからだ。教室では無駄口を叩く者は一人もおらず、カリカリと鉛筆を走らす音だけが不気味に響き渡っている。

僕は隅っこの席に腰を下した。教室の壁に立て掛けてあるイーゼルには何百何千人という浪人生の執念が染み込んでいる。僕はコソコソと、教室の隅に重いイーゼルを立てた。人の頭と頭と頭の隙間《すきま》から今週の課題である立方体と、それを取り囲む鏡が見える。こんな場所からじゃミケランジェロでもピカソでも名作を生むことは出来ないだろう。しばらく椅子に座って鉛筆を削っていた僕は虚しさでいっぱいになった。

来年なんて、受かりっこない。こんなことじゃ何年かかっても受かりっこない。今日は、それがハッキリ分る。

静かに教室を出て、階段の踊り場でタバコを喫う。切れそうな蛍光灯がチカチカ光っている。落書きされた壁、汚れて外が霞んで見えるサッシ窓。あぁ……

池山とビチは今頃、どこをほっつき歩いているんだろう？　僕も行ったことがない麻布なんて街で何をしてるんだろう？　こんなことなら彼らにつき合えば良かった。僕だけどうしてこんな淋しい所に収容されているんだろう？　故郷を捨て、わざと淋しくなりに来たのだろうか？　絵の道なんて目指した自分を恨んだ。

美奈のことばかり気になって、何も手につかない。これで彼女も失うことになると、今の僕には何も残されていない気がした。重いサッシ窓を少し開けてタバコの煙を外に逃してやった。冷たい風がフヌケな僕の顔に突き刺さる。一体、どうしちゃったんだよう僕は……

夕方まで待ったが、とうとう美奈は現れなかった。

「これから代ゼミ、じゃ！」

「またね！」

私立の美大入試科目にはデッサンと色彩構成の他、英語と現国があった。クラスメイトは予備校を掛持ちしてる。慌しく教室を飛び出してゆく後ろ姿を見ながら、僕は大きくため息をついた。甘過ぎた夢、どんどん取り残され孤立してゆく自分。僕には絵の才能などどこにもなかったんだ。

「あんたは何でも出来る子や」

ふとオカンの口癖を思い出した。

「あんたはがんばれば何でも出来る子や」

僕は何の根拠もない身内の励ましを受けて今までやってきた。でもオカンはこうも言った。

「出来ないということは、好きやないからや」。オカン、今さら言って何だけど、僕は絵なんて好きやないのかも知れんわ……

ほとんど描けてないデッサン用紙をカルトンに挟み、予備校から街に飛び出した。

〝虹のように僕とみんなをつないでる

手と手のぬくもり伝えて下さい紙テープ
出来ることならみんなの心も
伝えて欲しい紙テープ
島とみんなに手をふって
何だか淋しくなるのです♬〃

僕は今でもあの時のことを昨日のように思い出すことが出来る。高校時代行ったあの島での出来事。少し大人に成ったと勘違いした夏休みの旅。このままずっと続くと思っていた青春は、今どこにもない。青春の正体は単なる無責任が生み出す幻想だったのか？　いつも誰かが見守ってくれていると信じてたあの頃は二度と戻らない。

池山とビチは七時過ぎに西荻窪の家に帰ってきた。

「もうわけ分らへん」

「人、多過ぎ」

突然、玄関先が賑やかになった。

「どこ行っとったん？」

僕は部屋を飛び出して二人を迎えた。

「マフじゃ、マフー！」

池山は部屋に入るなり畳んだ蒲団の上に倒れ込み叫んだ。

「あんなイヌ、わしらマフやと思て、いろんな人に道を聞いとったんや」

ビチも手に提げた紙袋を床に置き、呆れ顔で言った。

「どう思うイヌ？　誰もな、知らんって言いよるねんかー、東京って冷たい街やとは聞いてたけどな、ハッキリ実感したわ」

池山は蒲団に顔を突っ込んだまま突然、笑い出した。

「イヌー！　なぁ、イヌ！　教えとけやぁーもう！」

「何を？　朝、起きたらもうおまえらおらへんかったやんか」

僕が言い返すと、

「マフと違うやんけー！　アザブって読むんやろ、もう！　恥かいたぁわぁー！」

〝麻布〟、マフ……って……。

僕も大笑いした。池山もビチも腹をかかえて笑ってる。

「京都におると、東京のことなんか、東の京都やろぐらいに思とったけど、やっぱめちゃ都会やのう、めっちゃ広いわ」

池山は床に座り直して言った。

「どこも祇園祭《ぎおんまつり》みたいやったわ」

ビチも言った。

「で、何しに行っとったん？　そのマフに」

「もうええちゅうねん！　麻布や麻布」

池山は大きな紙袋から服を取り出し、

「東京しか売っとらへんスポーツウェアや。雑誌に載っとったヤツ買いに行ったんや」

と、得意気に服を胸に当てて見せた。

「わしも買うた」

と、ビチもオシャレな服を紙袋から取り出した。

「将来、中華屋を継ぐ奴にはそんな服いらんって言うたんやけどな」

「アホ言え、中華屋かって年がら年中、店にいるんちゃう言うてるやろ！」

「それビチには似合わんから、オレにくれ」

「アホか、何でやらなアカンのや」

僕はベッドの隅に腰かけて彼らの様子を笑いながら見てた。僕も本当ならそちら側でいたかった。東京を楽しいショッピングの街として見ていたかった。

「イヌはどないやねん？　今日、予備校行ったん？」

「うん、まぁ」

僕に話題を振られると、途端にブルーになった。

「イヌにも必死でがんばってもらわな、親も泣かはるで」

何だか池山の偉そうな言い方に僕は少しカチンときた。

「おまえにうちの親、関係ないやろ」

「関係なくはないやろ、おまえんとこのオカンもよう知ってるし」

「知ってても関係ないやろ！」

「何やその言い方！」

僕はムキになった。その雰囲気を察知したビチは、僕と池山の間に立って、「まぁまぁ、えーやん、そんなこと、メシでも食いに行こけー、めちゃ腹減ったぁー」と、慌てて仲裁した。

美奈の件もあり、僕はおもしろくなかった。

近所の定食屋で池山とビチの今日一日の東京見物話を聞かされ、僕は益々、孤立していく自分を感じた。受験まであと二ヶ月もない。僕はこんなことをしている場合じゃないんだ。

〝何もすることがないと本当

心も体も疲れてしまう
やらなきゃならないことが多過ぎて
今の僕には何もすることがない
こんな時には何からにでも
偉大な哲学者が乗り移ったみたいに
おまえは結局、独りきりなんだと諭され
やるせないほど僕にはやることがない♬〟

こんな時は割り切って、彼らと仲良くすればいいのに、僕はこんな時にこそ受験勉強をやらなければと焦る気持ちだけで息が詰まりそうだった。

「今日、早かったからもう寝るわ」

まだ十時前だというのに池山は蒲団をかぶった。

「イヌは勉強してくれよ」

気の毒そうにビチもそう言って蒲団に入った。しばらく部屋の電気はつけっ放しになっていたが、僕はタバコを一本喫って電気を消した。

しばらくして遠くで電話のベルが聞えた。まだ十時過ぎだが、老夫婦の住んでるこの家にこの時間、電話などかかってきたことは一度もない。耳を澄ましていると、居間の方でおじさんが何やらブツブツ呟いているのが聞えた。そして廊下に足音が響いて、僕の部屋の前で止った。

「純ちゃん、電話」

おじさんの声は迷惑そうに聞えた。

「は…はいっ！」

ベッドから飛び起き、僕は池山とビチの蒲団を跨いで、ゆっくりドア口に向った。

ドアを開けるとすでにおじさんの姿はなく、暗い廊下が不気味に延びていた。居間にも電気はついておらず、僕は外から漏れる薄ら明かりを頼りに電話のある場所に進んだ。黒く重い受話器が横倒しになっている。僕は恐る恐るそれを手に取って、小さな声で「もしもし」と、答えた。

「じゅん……」

僕はまさかと思ったが、声の主は美奈だった。

「ごめんね、家の人、寝てらしたみたいね、謝っておいてね、本当ごめん」

受話器を持つ手が少し震えている。出来ることなら〝やったぁー！〟と、叫びたい気持ちでいっぱいだった。

「大丈夫、大丈夫、うまく言っとくから」

僕はまたこの東京が少し楽しくなった。

「今日、行こうと思ったんだけど、家の用事があって出られなかったんだ、ごめん待ってた？」

「いやいや、俺の方もデッサンに夢中になってて忘れてた」

美術予備校での冴えない自分をふと思い出したが、
と、嘘をついた。

「もう追い込みだもんね、忙しいでしょ」

今、部屋で呑気《のんき》に故郷の友達が寝ているなんて言えやしない。

「いやいや、全然大丈夫だけど」

「本当⁉　じゃ明日って時間ある？」

美奈は突然うれしそうな声で聞いてきた。

「全然、大丈夫だけど」

〝いよいよだ……〟僕もワクワクしながら答えた。

「明日、クリスマス・イブでしょ、友達ん家《ち》でパーティがあるから、じゅんを誘おうと思って。いいかしら？」

忘れてた。明日はクリスマス・イブか……

中学・高校とずっと男子校だった。その六年もの間、学校で女を見たのは食堂のおばちゃんだけ。バレンタインデーはいつもオカンからハートのチョコレート。クリスマスは親父が会社帰りにケーキを買ってくるもの。いや、そうじゃない。僕はモテない原因を全て男子校のせいにしようとしてたんだ。現にクラスには女子とつき合っている奴もいたし、セックスの自慢話をしてるヤンキーもいた。しかし、僕はそれを特別なことにしたかったんだ。池山や伊部やビチとつるんで、モテないことが青春なんだと正当化したかったんだ。

生れて初めてのクリスマス・パーティの誘いにうれしい反面、戸惑った。一体、どんなカッコで行けばいいんだ？　しかも、美奈だけじゃなく友達もいるという。みんな同じ大学生に違いない。当然、みんな歳上。僕はどんな立場で出席すればいいというのだ。

「俺らホンマ、モテへんもんなぁー」

「女なんて結局、男の敵やろ」

僕の脳裏で池山とビチが喋っているのが聞える。そして肩を叩き合って、うれしそうに酒を飲んでいる姿が見える。それこそが真の青春だって顔をしながら。

僕はそんな現状を変えたいと思った。今、居る場所から僕だけは抜け出したいと思った。

「いいよ、何時ぐらいから？」

不安だったが、思い切って言ってみた。

「夕方、予備校終る頃に迎えに行くよ」

美奈は受験生ではない。僕の立場とは全く違うんだ。

「じゃーね、明日」

電話を切ってからもしばらく武者震いは止らなかった。きっと僕は明日、大人に成るに違いない。ガッツポーズを取りながら暗い廊下を抜けて部屋に戻る。

本格的に寝息をたてている二人の間を擦り抜けベッドに入ったが、その夜はなかなか寝つかれなかった。


〝イヌ、今夜はクリスマス・イブ、パァーッと酒でも飲もけー!! 早目に帰ってくる〟

翌朝もキレイに畳んだ蒲団の上に置き手紙がしてあった。今夜はみんなと飲めないどころか、僕はこの部屋に帰ってくるかどうかも分らない。だって今夜、僕は大人に成るんだから。

あれから一度も着ていないので心配だった白の上下のスーツ。思ってたよりシワもなく、僕はその上からコートを羽織って街に出た。ズボンは裾広がりのパンタロン、五センチ以上あるヒール靴をはいているので御茶ノ水の駅はいつもと違った風景に見えた。何よりも気分が違う。カルトンも鉛筆の入ったツール・ボックスも手に持っていないのだ。

待ち合せの時間までまだ少しあるので、僕は彼女へのクリスマス・プレゼントを探そうと思った。生れて一度もそんなことをしたことがないので、喜ばれるプレゼントなんて見つけ出せる才能はない。結局いつも予備校の帰りに立ち寄る画材屋に入ったりして時間を潰した。

「課題、間に合いそう？」

「今日は徹夜だよ」

「またね」

「じゃ、明日！」

慌しく予備校を後にするクラスメイト。そんな現場に僕は意味のない白の上下のスーツ姿で立っていた。こんな所で待ち合せなんかしなきゃ良かった。もう自分が一体、どんな立場なのかサッパリ分らない。こんな姿、親が見てたら何と思うだろう？

しばらくして待ちに待った真っ赤な車が予備校の前に止った。軽くクラクションが鳴って、車の中から美奈が手を振る。僕はちょっと余裕を見せてゆっくり助手席のドアを開けた。

「どうしちゃったの？　じゅん、そのカッコ」

開口一番、美奈はそう言って少し笑った。僕は突然、不安になった。

「え？　変……？」

「いや、そういうわけじゃないけど、あまり見慣れないからそんなカッコ」

「あ、そう……」

〝そんなカッコ〟美奈の一言でそのパーティには全く場違いなカッコをしてきたことに気付いた。

「でもコートはそれなのね」

自分でも少しミスマッチだと思っていたアーミーコートを指摘された。

「いや、いいんじゃない、気にしないで。じゅんは芸術家さんだから」

この場合の芸術家は、常識外れっていうことなのか？　単に僕はパーティに合せたつもりなのに。後悔がどんどん僕の気持ちを小さくさせてゆく。

「でも、そんなとこがカワイイ」

僕は何も言えなくなってしまった。

「私、途中でシャンパン買ってゆくからつき合って」

美奈はそう言って車を走らせた。

青山通りにあるオシャレな店で美奈はシャンパンを買った。僕はレジの横でいつもより背を高くして立っていた。まるでオカンの買い物につき合されている子供みたいだ。

赤い車が次に向った先は、渋谷公園通りの高級マンションの地下駐車場だった。

「降りて」

「…………」

エレベーターに乗り、最上階まで昇った。その間、二人は一言も喋らなかった。見たこともない高級なマンションのドアロ、美奈がチャイムを鳴らすと、インターフォン越しにカン高い女の声がした。

「美奈？　遅かったじゃない、もうみんな集ってるよ」

「おじゃましまーす」

ドアが開くと大勢の人の声が広い玄関に響き渡っていた。

美奈が友達らしい女と一言二言、会話を交してる間、僕はただ後ろに突っ立ってた。

「美奈、ひょっとして彼氏？」

「まぁ……」

美奈は言葉を濁して答えた。

「みんなぁー！　聞いてぇー、美奈が彼氏を連れて御出座《おでま》しだよぉー！」

その女の声に反応して、奥の部屋の人たちは歓声を上げた。

「美奈ぁー！　早く上って彼氏を紹介しろよ」

奥からロレツの回らない男の声がした。美奈は初めて後ろを振り返り、複雑な表情を僕に見せたが、どう返していいやら分らず、中途半端な微笑を浮かべるしかなかった。

「上って！　上って！　彼氏もさぁ、どーぞ」

この女もかなり酔っている。シゲシゲと上から下まで僕の姿を見回して、奥に続く廊下をスキップで駆けていった。

「おじゃまします……」

小さな声で挨拶をして、僕は白いヒール靴を脱いだ。突然、余ったズボンの裾が袴《はかま》のようになり、大理石の廊下をスルスルと音をたて進んだ。僕は情けなさと不安でここに来たことが間違いだと気付いた。


美奈の肩越しに見た光景は――

僕の中の〝部屋〟という概念を遥かに逸脱した広場と呼んでいいほどのスペースだった。そこで何十人もの男女がグラスを片手に会話をし、大笑いしたり、奇声を上げたりしている。

僕は美奈の陰に隠れ、馴染めないその光景をドキドキしながら見つめていた。

「みんなぁー、御静粛に!!」

カン高い女の声はさらにカン高くなり、フロアーに屯《たむろ》していた人々を一斉に振り向かせた。

「それでは御紹介します！　遅れてきたシンデレラ、美奈とその彼氏どぇ――す!!」

思いっきり声を振り絞ると、その女は力尽きて床に転げた。

た。

〝おーーっ!!〟

次に何十人もの男女がこっちを見て響動《どよ》めき、そして酔っぱらい特有の拍手と歓声を上げた。

「もう、何よ!」

美奈はみんなにひやかされたことに対し、少し怒ったような口振りをしたがそこは大人、すぐに笑顔に戻って、

「遅れてゴメン、これ、何もなかったんだ、飲んでよ」

と、シャンパンを差し出した。

僕はボー然と立ち尽していたが、

「みんな悪い人じゃないから、大丈夫よ」

と、美奈に諭され、がんばって作り笑いをした。

三、四人の男女が奥から僕たちの方に向ってやって来た。

少しすると、まわりの人たちはもうすでに僕たちに興味をなくした様子で、パーティを再開した。

「初めまして、美奈とゼミが同じアケミです、よろしくね」

「あ、どうも……」

カン高い声の女は床に倒れたまま自己紹介をした。かなり酔っているらしく絶えず頭をグラグラさせている。

「アケミの好みじゃん、長髪の男」

近寄ってきた男の一人がそう言ってひやかした。

「もう！　やめてよ、そんなこと言ってないわよ！　気持ち悪いんだから」

それは僕に向けての中傷だったのかよく分らなかった。

「ねぇねぇ、美奈、彼氏をちゃんと紹介しなさいよ」

かなり強い香水の臭いを漂わせ、とても下品な感じの女が近づいてきて言った。

「彼じゃないから、お友達」

美奈はそう言って僕を落胆させた。じゃ何故、僕をここに連れてきたのだ？

僕はいたたまれない気持ちで、

「乾純と申します、よろしくお願いします」

と、頭を下げた。

「何年ぐらい切ってないんですか？　ものすごい長髪ですね、個性的だわ」

美術予備校では普通のことが、ここではアブノーマル扱い。完全に多数決で負けた弱者の立場なのだ。個性的とはすなわち、場違いであるということ。張り切って着てきた白いパンタロン・スーツもどうやら異彩を放っているようだ。

「ねぇ、彼ってミュージシャン？」

強い香水女は聞いてきた。僕はまんざらでもなかったが、

「な、わけねぇーだろ！」

と、アイビーファッションっていうのか、僕にはよく分らないけど、紺地のブレザーを着た男がすぐに口を挟んできた。

「そんなこと分んないじゃない？」

「じゃ、売れてないミュージシャンだ！　だってこんな奴、知らねぇーもん」

雰囲気がかなり悪くなってきた。

「ごめんね、こいつ、酔っちゃってるから、気にしないで」

「バッキャロー！　売れてねぇーに決ってんだろ」

傲慢で金持ちのボンボン然としたこの態度に僕はムカッとした。

「もう、いいから誰かこいつをどっかに連れてってよ！」

「うっせー！」

それでもまわりは混乱することなく、〝またアイツ、いつもの調子〟程度でほったらかされているようだ。

「美奈ぁー！　美奈ぁー、俺はおまえが好きだったのに、何だぁー売れてねぇミュージシャンとセックスばっかりしやがってよー！」

と、アイビー男は怒鳴り散らした。

売れてないミュージシャンは的外れだったが、今夜、あわよくば童貞を捨てられると思ってやって来た僕の気持ちが見透かされてるようでドキッとしたのだ。

この広いフロアーにいる男たちは全員、美奈を隙あらばラブホテルに誘い込み、セックスがしたいと望んでいるに違いない。どうにかしなければ。僕の手で美奈を守らなければ。僕の心の中でそんな野性の叫びが聞えてきた。

「ごめんね、美奈」

「いいのよ、アイツ、いつも酔ったら私にからんでくるんだから」

僕の知らない所で美奈はいつも危険に晒《さら》されているんだと思った。

「美奈は男たちの憧れの的だから仕方ないってことで」

今夜はもう〝イヌ〟なんて呼ばせない。虎だ！　ヒョウだ！　ライオンだ！　〝ガルルル……〟オスの本能が大いに吠《ほ》えた！

「もう、車じゃなきゃ飲みたい気分」

「美奈は今日も車で来たの？」

そういえば銀座に行った時もそうだった。美奈はお酒にちょっと口を付けただけでほとんど飲まなかった。いつも冷静でいたいのか、飲めないのか？　謎の多い美奈、それ故に美奈はここに居るどの女よりも崇高に見える。

「ま、美奈にはいろいろ事情があるもんね」

「ないよ、そんなの」

そう言って軽く微笑《ほほえ》む美奈を横目に、ただただ僕はドキドキするだけだった。

「おいくつなんですか？」

強い香水女の興味はアイビーが去った後でもさらに続いた。

「えーと、もうすぐ十九です……。早生れなんですけどね」

僕は大人に見られたかった。

「えー!!　歳下じゃん」

急に強い香水女の言葉遣いが変った。

「美奈、歳下なの？　彼」

美奈は僕をここに連れてきたことを後悔しているような気がした。少しため息をついて
「もう、いいでしょ」と、不機嫌な表情を作った。

「高校生なの？」

「な、わけないでしょ」

美奈はそれ以上、詮索《せんさく》されることを拒んでいた。それはきっと僕が高校生でも大学生でもないからに違いない。名称こそあれど、世間的に立場がない立場……。僕は仕方なく、「浪人生なんですわ」と、言った。

どう対処していいか分らない感じで会話は止ってしまった。

「へぇー」

強い香水女は呆れ顔、〝美奈も物好きねぇー〟と、言いたげだ。パンタロンの裾ばかりをジロジロ見られてる気がして、仕方ない。

「美大を目指しているのよ、じゅんは」

美奈は観念したのか、悔しかったのかとても冷静な口調でそう言った。

「へぇー、芸術家さんなんだぁー、それで分ったー」

「美奈も今、絵の学校、通ってるんだもんね」

強い香水女と、カン高女は妙に納得した。まわりにいた二、三人の男女も「ほーう、芸術家ねぇー」と、同調した。

そんな一言だけで僕の全ての謎が解けたらしい。それ以上何も聞いてこなくなった。パーティは僕だけを残してまた通常に戻った、気がした。

「じゅん、もう、帰りましょ」

三十分ほどして美奈が僕に耳打ちした。

「じゅん、本当、ごめんね。今日は、場違いなとこ連れてきちゃって」

美奈にとっては美術予備校がとても場違いなところ。そもそも僕たちは全くセンスなど合っていないんだ。

「そろそろ帰るわ」

美奈がカン高女に告げると、

「えーっ！　まだ来たとこじゃん、飲んで飲んで、いいじゃん今夜は」

と、しつこく引き止められてしまった。

「みんなにはアケミからよろしく伝えといてよ、ね、ね」

「えー！　二人だけで抜け駆けなのぉーもう！」

玄関先で慌てて美奈はブーツを僕はヒール靴をはいていると、あのアイビーがさらに酔いを増し突進してきた。

「もう、帰るのかよ美奈っ！　おまえらだけセックスしようなんて許せねぇーからな」

美奈に顔を近づけ、酒臭い息を吐きかけている。

「おいっ！　ゲ——ジュツカッさんよー！　売れてない芸術家っ！　おまえ、浪人してんだって？　古臭《ふるくせ》え服着て気取ってんじゃねぇーよ！」

アイビーの手が僕の白いスーツにかかった。そして、

「アー・ユー・アンディ・ウォーホール？」

思いっきり馬鹿にした口調で言いやがった。

「答えろよ！　アンディ・ウォーホール!!　じゃ、ねぇーんだろ！　単なる浪人じゃねーか、バーカ！」

その瞬間、僕はアイビーを思いっきり突き飛ばした。そしてカーペットの上に転倒したアイビーの上に馬乗りになって、

「もう一ぺん、言うてみろ！　もう一ぺん、言うてみろっ!!」

と、大声を上げげた。遠くから「じゅん、やめて」と、いう美奈の声が微かに聞える。

「バーカ！　おめえはこの女をよく知らねぇーんだよ！　こいつはなー、男を取っ替え引っ替えの浮気女なんだよ！」

「み…み…美奈はそんな女じゃないっ!!」

僕は叫んだ。

アイビーは今度は、上になった僕の顔目がけてツバを何度も吐いてきた。

「おい、やめろよ！　やめろ、やめろ」

フロアーの奥にいた奴らがドカドカと駆けつけてきた。僕は振り解《ほど》かれそうになる手に渾《こん》身《しん》の力を込め、アイビーにしがみつきながら睨《にら》みつけた。

「てめぇー、浪人のくせして何してんだよバッキャロー！　汚ったねぇー長髪しやがって！」

殴りかかったその時、白いスーツのジャケットがビリッと音をたてた。誰かに後ろから羽交締めにされ僕はカーペットの上を引きずられた。アイビーは立ち上って何度も僕に蹴りを入れ、ゼイゼイ言いながら、

「死ね、バーカ！　浪人!!」

と、叫び続けた。


「バカにすんなっ!!　バカにすんなっ!!」

数人の男にかかえられ地下駐車場まで降ろされた僕は涙がいっぱい溢れてきて、鼻水も止らない。

「ちきしょう……ちきしょう……」

コンクリートの柱にもたれ、そのまま背を擦りながらベタンと地面に座り込んだ。

「ちくしょう……」

その〝ちくしょう〟はもう、アイビーにだけ向けたものではなかった。自分を証明するものが何もない浪人生である自分に対しても腹が立った。僕は一体、この東京の片隅で何をやっているんだろう？

「東京のデッサンじゃないとダメなんや！」

「来年こそは絶対、受かる！」

「将来は芸術家に成る！」

そんな何の根拠もないセリフが虚しく駐車場の道を吹き抜けてゆく。

オカンや親父や、友達や美奈の顔が浮かんでは消える。

〝み…美奈っ！　美奈っ！　美奈は一体、どこに行ってしまったんだろう？〟

フラつく足で立ち上がって遠くを見ると、ヘッドライトをチカチカやりながら車が近づいてくるのが見えた。美奈の車だった。

今夜、美奈まで失ってしまうかも知れない。そう思うと淋しくてまたも涙が溢れてきた。

車に押し込まれるように乗せられた僕は「ご…ごめんな」と、謝った。

美奈はバックミラーの位置を直しながら細いメンソールタバコを一本、取り出して、

「ううん、全然いいよあんな奴」

と、言った。

地下駐車場の出口を抜けると、公園通りは電飾を付けた街路樹が点灯し幸せなクリスマス・イブを演出していた。

「これからどうする？　って言ってもねぇー、じゅん、服がビリビリだもんね」

運転席で美奈が僕を見て軽く笑った。

「しかもゴメン、急いで出たもんで靴、持ってくんのも忘れちゃった。明日、私、取りに行ってくるからね」

気がつくと僕は靴をはいていなかった。

かなり擦りながら歩いたらしくパンタロンの裾は真っ黒になっている。

「西荻まで送ってゆくよ」

このままじゃ電車にも乗れやしない。でも、そんなことより美奈が僕を嫌っているようで怖かった。美奈はもともと僕のような田舎者が扱える相手ではなかったんだ。

東京にいる理由、場違いな世界を目《ま》の当りにして、居場所のない自分を痛感した。僕は幸せなイルミネーションの光を避けるように、何も言わず下を向いて助手席に座ってた。

やけに静かな夜、サイレント・ナイト。滑り込むように車は疾走した。美奈は突然、真面目な声で、

「でも、じゅん、今夜はすごくうれしかったよ」

と、呟いた。

意外なそのセリフに僕は思わず顔を上げた。

「何でや？　めっちゃカッコ悪かったやん」

僕は関西弁に戻ってた。

「私のために戦ってくれたじゃない。私にとって最高のクリスマス・イブだったよ」

〝そんなカッコイイもんじゃないんだ……〟

「僕は……僕はただ……」

言葉に詰まりながら僕はまた嗚咽《おえつ》した。

「こ…こんな泣き虫な男……み…美奈に……美奈に相応しくないやん……」

「そうかしら？　じゅんがそう思うなら仕方ないけど、私はちっともそうは思わないよ」

「そ…そんなこと言われると……涙が止らなくなるやんかぁー、もう」

とても情けなかったけど、幸せな気持ちになれた。

気が付くともう窓の外は見慣れた風景になっていた。次の交差点を左に曲ると池山とビチがたぶん待っているであろうあの家が見えてくる。たっぷり時間があったはずなのに気が付けばもう十時を過ぎていた。

〝今夜もダメだった……〟

僕は今度いつ会えるか分らない美奈の横顔を見つめ、また淋しくなった。

「もう着くよ」

僕の居候している角部屋に電気がついていた。やっぱり二人は戻ってきている。

もうこの時間では全く人通りのない暗い道、美奈の運転する車は静かに止った。もうパーティは終ったと思ったその時、美奈は、

「そのリクライニング・シート倒してみて」

と、さり気なく言った。

「そこ、左の下、レバーあるでしょ？」

美奈に言われる通りレバーを引くと〝ガクン〟と、僕は仰向《あおむ》けの体勢になった。その時、サンルーフから星は見えなかったけど暗い夜空が広がった。

「ここでじゅんとクリスマス・イブを迎えましょうよ」

そう言って美奈もレバーを引いた。

家の真ん前の道、池山とビチが確実にその向うにいるというのに、僕はベッドとはいかないまでも美奈と並んで寝ている。恐る恐る手を伸ばしてみると美奈の体のどこかに当った。

「ねぇ、キスして」

〝きた……〟

僕はゆったりと上体を起し、少し離れた美奈の唇にそっと唇を重ねた。すると、ねっとりとした美奈の舌先が僕の唇から分け入り、中でゆっくりと動いた。

僕が加代としたキスとまるで違う。美奈はさらに音までたて僕の舌に絡みついてきた。

「あ、あぁ……」

先に声を漏らしたのは僕の方だった。

美奈はゆっくり唇を離すと、黒く引かれたアイラインの目で僕をじっと見つめた。そして堪《たま》らずもう一度、唇を近づけようとする僕を制止して、

「口でしてあげようか？」

と、言った気がした。いや、確かにそう聞えた。

僕はその問いかけに対しどう返せばいいのか分らなかった。

僕がその時とっさに思ったことは、童貞であることをどうにかして美奈に悟られたくないということ。そんな行為ぐらい過去にしてもらったことある風に装いたかった。僕の返事を聞くこともなく美奈は僕のズボンに手をかけた。そしてベルトを弛め、そしてチャックを降し、「ちょっと腰を上げて」と看護婦のように言った。僕は言われるままにズボンを膝まで下げ、今にも射精してしまいそうな気を必死で抑えた。

美奈は体勢を変えた。狭い助手席の隙間に潜り込むように入ってきて床に膝をついた。そして僕の隆起しまくった白ブリーフの上に唇を押し付けてきたのだ。

〝あっ……〟

薄目を開けて下を見た。白いブリーフが美奈のルージュで赤く染っている。

射精を迎える大波がまたやって来た。僕はどうにかして気をここから散らす方法を必死で探した。

今、僕が置かれてる立場のない状態……そうだ！　自分が浪人生である自覚……っ……自分なんてそもそもないんだ……

僕なんて……僕なんて……

ブリーフはとうとうズリ下げられ、ペニスはクリスマス・ツリーのように夜空に向けて突き上がった――

高校一年の春、盲腸が破裂して腹膜炎になった。手術台にのせられ腰に麻酔注射を打たれたが、それがなかなか効かず僕はまだ意識が残ったままで手術を受けることになった。

それが数分だったのか、数秒だったのか分らないが、医者は確かに僕の腹部のあたりで手術し始めていた。もうすでに痛みは感じなかったが手術を目撃するのが怖くて必死で目を閉じていたことを思い出した。

初めて知ったその快感も、緊張のあまり一瞬それが快感なのかどうかすら分らなかった。じっくり彼女の行為を観察出来る余裕などなく、僕はされるがままのオペを受けた。

何としても美奈にだけは童貞だと悟られてはならない。僕はそのことだけで頭がいっぱいだった。

「いい？」

下から美奈の声がする。もう今さらそんなことを確認取られても困る。僕は精一杯の男気を振り絞って「うん……」と、答えた。すぐに温泉に浸ったような感覚が股間に走った。やたら温《ぬく》くて、とろみがある。「あぁーっ」と、今にも声が出そうになったが必死で堪えた。その温泉は彼女が口で何度もスライドすると電気風呂に変り、今度は全身がジンジンし始めた。その時、「あぁ――！」と、素頓狂な声が漏れた。それは数分だったのか、数秒だったのか分らないが、「ちょっと待って」と言う彼女の制止の声も聞けず、僕は体を二、三度痙《けい》攣《れん》させて遂に放出してしまった。

〝ハアハア……〟

「もう！」

彼女は両頬を脹《ふく》らませ籠った声で言った。

「後部座席にあるティッシュ取ってくれる？」

僕はすっかり放心状態でシートの上に横たわっていた。彼女は仕方なく手で口を覆い自らティッシュケースを取り出した。そして「もう！　イク時は言ってよね」と、口に溜めたモノをティッシュに吐き出しながら言った。

彼女は至って冷静にシートを元に戻し、さっきまで僕のモノを啣《くわ》えてた口にタバコを一本宛《あてが》い、渋い顔で火をつけた。彼女が少し車の窓を開け、外の冷気を誘い込んだ時、ようやく僕は気を取り直した。

「ねぇ、じゅん、聞いていい？」

「何？」

慌ててブリーフを上げ、これから聞かれる質問にドキドキした。

「じゅんって、初体験いつ？」

「え？」

僕は一瞬、恍けて時間を稼ごうとした。

一体いくつぐらいに設定しておくのがリアルなのかを必死で考えた。

「十六歳って、高一やったっけ」

嘘をついた。

「ふーん」

美奈の反応はかなり薄かった。言ってしまったものはもう取り返しがつかない。苦しまぎれに、

「美奈は？」

と、軽く聞き返した。

「私？」

僕同様、一瞬間《ま》があったが、「口でしてあげようか？」などと言うような人が処女であるはずがない。

「中一」

その答えはいきなりでショックだった。そして、すぐに聞かなきゃ良かったと後悔した。

「ふーん」

僕は必死で動揺を隠そうとした。さっきあのアイビーが口にした美奈への中傷は満更、嘘ではないかも知れない。勝てるはずのない勝負、僕はまだ美奈について何も知らなかった。

「ねぇ、じゅん――」

もう質問は勘弁して欲しいと思った。

「じゅんはいいじゃない、スッキリしたでしょ、でも私は辛《つら》いじゃないの」

「そっかー」

取り敢《あ》えず返事したが、僕には美奈が言おうとしている意味がよく分らなかった。

「もう！　そっかーじゃないよ、ホント」

美奈は苦笑いして言った。一体、何が辛いというのだろうか？

「あーあ、変なクリスマス・イブ」

美奈は呆れたように呟き、車の窓を閉めた。

「本当、変なクリスマス・イブやね」

僕は努めて陽気に振舞ったつもりだったが、美奈は突然車のエンジンを吹かした。

「じゃ、帰るね私」

「えっ？　もう帰っちゃうの？」

もう少しゆっくりしていけばいいのにと思ったが、池山とビチが待ってる家に誘うわけにもいかず僕は口籠った。

「またね」

この先、全くアイデアのない僕は「うん」と、子供のようにうなずいて、自らドアを開けるしかなかった。

「じゃな……」

外に出たのはいいが、靴をはいていない。慌ててズボンのチャックを上げながら破れたジャケットを羽織った。僕は今、たぶん世界中で一番、カッコ悪い姿でクリスマス・イブを迎えているに違いない。中学生の時見た映画『真夜中のカーボーイ』のダスティン・ホフマンを思い出した。僕は不良にも優等生にも成れなかった中途半端な奴だった。そんな奴が東京ですっかり変れるなんて土台無理なこと。東京の街はただ冷ややかに僕を見つめているだけなんだ。

軽くクラクションの音がして、美奈の運転する車が暗い一本道に消えていく。「でも私は辛いじゃないの」その言葉がグルグルと頭の中で回り出した。

家に戻ると池山とビチは荷物をまとめている最中だった。

「どないしたん？」

僕が聞くと、池山は、

「わしら明日、帰るわ」

と、言った。

「何で？」

「って、おまえ、忙しそうやんか」

僕に顔も合せないで二人は作業を淡々と続けてる。

「何でやねん、もうちょっと居ればええやんか！」

悪い雰囲気を察し、僕は明るく言った。

「イヌ、おまえ、今日どこ行っとったん？」

「え？」

「予備校と違うんやろ、そのカッコ」

池山もビチもよく知っている京都駅での白いスーツ。今は上着は破れ、ズボンの裾は泥で汚れてる。隠し事をした気はないが、彼らを放ったらかしていたことは少し後ろめたかった。

「今日な、めっちゃおもろいことあってさー」

と、僕は少しでも場をなごませようとあのパーティの話を始めた。

「俺、立場ないやん浪人やし、めっちゃムカついてさーアイビーに殴りかかったわけ、もうパーティは大混乱になってしもて、彼女は泣くわでもう大変――」

泣いたのは彼女の方にした。

「でな、彼女の車でそこまで送ってもろたんや、ホンマ目と鼻の先、この家の前の道路に車止めてな――」

僕は自慢もしたかった。僕だけが今夜、少しだけ大人になったこと。

「シートを倒したわけ、するとな彼女が突然言いよったんや〝口でしてあげようか？〟って、ビックリしたがな――」

「もう、ええって」

池山は暗い声で僕を制止した。

「イヌ……」

池山が初めて僕の方に顔を向けた。

「もうええやん、言わんでも」

ビチが池山の言葉を遮ろうとした。

「あんな、イヌ」

「何？」

これから何を池山が言い出すか、その暗い表情から大体予想はついた。

「おまえ、東京で変ってしもたな」

「何が？」

その言い方はとても冷たかった。

「何かおまえ、昔と違うわ」

「どこが？」

「関西の魂、忘れてしもてるわ」

「何やそれ？」

「会いに来たのが間違いやったわ」

そこまで言われると思ってなかったので僕もムキになった。

「何やねん、その言い方」

僕たちはヤンキー経験が全くないのにメンチを切った。

「もうええやん、な」

ビチは優しく話に分け入ったが、池山の怒りは収まらない様子だ。

「何やその服？　カッコつけて何イチビっとんねん」

「何が……。放っといてくれやここは俺の家やで」

「昔のおまえやったらなぁー、どっちか天秤《てんびん》ばかりにかけなあかんかったら、絶対イヌ、おまえは友情の方を取ったもんやで」

「何と譬《たと》えてんねん？」

確か河島英五の曲に『てんびんばかり』というのがあった。歌詞はよく覚えてないけれど、池山が言いたい天秤ばかりは〝友情と愛情、どっち取るねん!?〟と、いうことだろう。僕は今夜そのクサイ友情論がとても重荷に感じた。そして僕の再出発の目的は過去の自分をすっかりなくしてしまうことにあったような気がした。

「東京で変ってしもたような奴にはもう二度と会いとないわ」

池山はハッキリ言い切った。

しばらく沈黙が続き、それに耐えられなくなったビチは、

「分ったれやイヌ、池山は淋しかってん、だって俺らホンマはおまえに会いに来たんやもん」

と、言った。

過去を消したい僕と、過去を大切にしたい二人。その亀裂は今夜、到底修復出来そうになかった。

〝中央線に乗って君が
いつか会いにくる気がする
そんなことを思ってないとあまりに淋しい
中央線に乗ってた人が
とっても君によく似てたよ
いつかおいでよ酒でも飲もうぜ
淋しさに凍え死にそうだ

コンクリートに包まれたこの東京で
コンクリートに包まれた　この東京で♬〟

翌日、僕は一人ぼっちになった部屋でギターを弾いて歌った。上京して間もない頃、作った曲だ。詞の中の君とは、昨夜あんなに疎ましく思った池山のことだ。

〝君には僕の何もかもがあるものね♬〟

サビ部分、自分で作った歌なのに、涙まで出てきた。
どうして僕は彼らを残して一人だけで変ろうとしているのだろうか？　浪人生という立場のない立場で、羨《うらや》むことはあっても、羨ましがられることは一度もない。それもあって僕は彼らに何かしら差をつけたいと思っていたのかも知れない。
今、ポツンと祭りの後のような部屋に残され、いろいろ考えた。
外は雨が降ってた。湿気ったハイライトに火をつけて、故郷に去ってしまった友達を思ってる僕って、一体何なんだ？

美大受験まで残すところ二ヶ月を切った。予備校では前にも増してライバルたちが日夜必死でデッサンに励んでいるに違いない。その熱気でガラス窓まで曇ってしまうような教室を想像しただけで怖くなり、あれから一度も行っていない。そんなことを親戚のおばさんやおじさんに知られると実家に告げ口をされるんじゃないかと心配で、毎日家を出ては名画座で映画を見て暇を潰した。

〝美大に入る〟という、漠然とした夢、それは単なる憧れに過ぎなかった。そんなことに意地を張って上京してしまった僕と、送り出してしまった両親。当然、責任は僕にある。今さら向いてなかったなんて帰れるはずがない。僕が今、必死で考えてることはその責任からどう逃れられるか？　それだけだ。

「どうや？　がんばってるんか」

オカンは何回も電話でそう僕に確認を取り、親父は、

「おばさん、おじさんには迷惑かけてへんか？」

と、何回も同じことを聞いた。

「何やこの前、池山君とかが泊りに来てたそうやないか、大丈夫なんか？　こんな時期に」

もうその噂はオカンの耳に入っていた。オカン同士が知り合いだから仕方ない。

「大丈夫、大丈夫、分ってる、分ってるって」

僕は毎回このセリフに強弱を付けくり返し言うだけ。

「どうするんや？　お正月は、帰ってくるんか？」

「おばさん、おじさんにも正月の予定があるやろから、迷惑かけんためにも帰ってこれんのかいな？」

僕は自分のために帰りたかった。日頃、通ってる近所の定食屋も三十日から三ヶ日いっぱいは休みだし、美奈ともあれから全く連絡が取れていない。静止してしまった東京の街は想像するだけでゾッとした。

「そんな勉強ばっかりしてたら頭おかしなるわ、たまには休んで帰っておいでや」

オカンの優しい言葉は、どうにか責任回避しようとしている僕にはとても辛かった。

「うん、たまには帰ろかな……」

でも、池山やビチに合す顔はない。


「ついさっき、金田さんという人から電話があったわよ」

帰るとおばさんが玄関先で僕を呼び止めた。

「あ、何時頃でしたぁ？」

「だから、ついさっきよ」

「何か言ってましたぁ？」

「えーとねぇ……」

おばさんはそう言うと、電話台のある居間まで行って、置かれているメモ帳を取り上げ、

「これ、何って書いてある？　自分で書いたのに老眼鏡がないので読めないよ」

と、僕に手渡した。

そこには電話番号と〝7時〜10時〟と、書かれていた。

「そうそう、そこに七時から十時の間に電話してくれって、それにしてもどこにやっちゃったかねぇー老眼鏡、今朝はここにあったのにねぇー」

僕はうれしくて初めて知った美奈の電話番号を何度も見ながら部屋に戻った。きっと七時から十時までは家の人がいないに違いない。時計を見ると七時まではあと三十分ほどしかなかった。

白い息を吐きながら掻き集めた何十枚もの十円玉を持ち電話ボックスを探した。星一つ見えない空だけど、その向うには何かとてもいいことが待っている、そんな気がした。

〝プルル　プルル……〟

電話は繋《つな》がった。

「よう！」

と、明るく僕が声を出すと、

「あと十分したらまた電話くれる」

と、美奈が冷たく言った。

「ご…ごめ……」

とっさに謝ったが電話はすぐに切られてしまった。

僕のような立場の人間には全く予想も出来ない大人の事情がそこにはあるのだろう。そんな気がして淋しくなった。

時間をかせぐためまた違う電話ボックスを求めて、僕は夜の街を歩き始めた。

わざと遅れて十五分後に電話した。さっきとは打って変った美奈の優しい声。

「お久しぶりー」

そう言われて僕は最後に会ったあの夜の出来事を思い出し恥ずかしくなった。

「あれから一度も予備校行ってないでしょ？」

「ごめん……」

「何、謝ってんの？　変なじゅん、私も一度行っただけなんだけど、何だかそんな気がして。

じゅん、怒ってない？」

「えーっ⁉　何で、何でオレが怒んなきゃなんないの、何で？」

「何で？　って……」

　美奈が聞き返した。

「電話番号も知んないし、美奈に連絡取る方法もないやん」

　少しスネて言うと、

「ごめんごめん、私の部屋にも電話付いてんだけど、ママの部屋とパパの部屋も同じ回線だから話を聞かれちゃう虞《おそれ》があるのよ」

　僕はその時、ものすごい豪邸を想像した。それもサンダーバード級の豪邸。

「今は大丈夫なん？」

「ごめんねー、さっきはまだパパとママがパーティに出掛ける前だったの」

　どこかの国の女王様が寝るようなフカフカで広過ぎるベッド、そこに横たわりながらオシャレな受話器を持ってる美奈が浮かんだ。それにしてもパパとママがパーティに出掛ける家庭って何なんだ？　うちの親父とオカンが礼服に着替え出掛ける時は、葬式しかない。シャンデリア、螺旋《らせん》階段、大理石、お手伝いさん……、もう僕はそれ以上の想像が出来なかった。

「じゅんの声を聞いてホッとした」

　本当なのか？

「僕もホッとしたよ」

狭い電話ボックスの中には捨てられたタバコのニオイが充満していた。

「ねぇ、今度いつ会える？　今度は一日中ずっといっしょに居たい」

「俺だって居たいさ」

タバコを一本くわえ、僕はハードボイルドな気分になった。

「明後日はどうしてる？」

「明後日って、大晦日やんか」

「予定入ってる？」

って、僕は帰省しようとしていた。東京の女王様にとって、地方人の帰省なんて興味もないことだろう。

「う、うぅん……何にも入ってへんけど」

僕は息子の帰りを心待ちにしているオカンと親父の気持ちを簡単に裏切った。

「良かった！　じゃ、横浜にでも泊りに行かない？」

「はぁ？」

「ホテルに泊って年越ししようよ」

美奈が言うんだからラブホテルではないことは確かだ。

「大晦日って、予約いっぱいと違うん？」

僕は何よりもお金が不安だった。

「友達のルートがあるから確実に取れると思うよ」

どんなルートなんだ。「こいつはなー、男を取っ替え引っ替えの浮気女なんだよ！」またもアイビーのセリフが頭の中で渦巻いた。かつてそんなホテルに美奈は何度泊ったのだろうか？　そのたびに男は違ったのだろうか？　悶絶《もんぜつ》に顔を歪める美奈、シャワーを浴びてる美奈、バスローブを羽織って男に甘える美奈、〝もうヤダ〟と言いながらまたも悶絶に顔を歪める美奈……。やらしい妄想が今、ジェラシーを伴って僕に襲いかかってくる。

「じゃ、決りね！」

きっとその夜、童貞の賞味期限は切れるに違いない。

話したいことはいっぱいあったように思ったが、二人の会話はそれで途切れた。

「それじゃ、三十一日の四時に例の場所で」

例の場所というのは美術予備校の前のこと。受験一筋にがんばってるクラスメイトを思うと気が滅入《めい》ったが、他にどこで待ち合せればいいのか僕には分らなかった。

先ずはたっぷりとキス、ガツガツしてはいけない。〝シャワー浴びておいでよ〟そんなことを言って余裕を見せ、その間にコンドームを装着、いや待てよ、それじゃ僕がシャワーを浴びられない。シャワーを浴びてから出る寸前にコンドームを……違うな。先ずはキス、いや、紅茶でも飲んでキスか、〝見てみー海がキレイや〟とか言って窓辺に美奈を寄せてキスか、いや待て、いつコンドームをすればいいんだ？　ベッドに入ってからじゃ遅いだろ、第一、裸になったままずっと手にコンドームの袋握り締めてんのは変だろ？　装着にはちょっと時間がかかるだろ、その間、どんな会話をしてればいいんだ……

僕は何度もホテルでの立ち振舞いをシミュレーションした。

「ごめんな、実は冬期講習も大詰めで大晦日、帰れそうにもないねん」

すぐに実家に電話を入れた。

「あんた、正月ぐらいは帰れへんのか？　そんなに気張って体、壊さへんのんか？」

そんなに気張ろうとしているのはエッチの方だ。オカン、済まない。

「正月にはちょこっと帰ろと思てるし」

「一日でもえーさかい帰っといでや」

「おばさんとおじさんの迷惑にはならへんのかいな？」

明日の夜、一人息子が童貞を喪失する（はず）。そんな一大事件なのに発表も出来やしない。本当の意味で親離れするということはこういうことなのかも知れない。

「体だけは壊さんようにな」

オカンがもう一度、念を押して言った。

第四章

こんな夜に

大晦日ということもあって、御茶ノ水の街は慌しく人通りも多かった。駅から予備校に向う坂道、僕はジーパンのポケットに手を突っ込んでコンドームが入っていることを何度も確認した。予備も含め四個、広げると蛇腹のようになっている。それに銀行で帰省用の新幹線代を含めた全財産、七万円を下した。僕には王妃が宿泊するようなホテルが一体、いくらぐらいするのか見当もつかなかった。

美奈の車がすでに予備校前に止っているのが見えた。僕は気が付かないふりをして坂道を登った。

〝プー〟

いつものように軽くクラクションの音。いよいよ童貞喪失のゴングが鳴ったんだ。

「よう!」

乗り慣れた助手席のドアを開ける。

美奈も勝負を賭《か》けているのだろうか? いや、そんなはずはない。

「ねぇ、ホテルで食事する? それとも中華街に行く?」

まだ安そうなイメージのある中華街を僕は選んだ。

「じゃ、あそこがいいかしら?」

そう言いながら美奈は考えている様子。もう何もかもお任せだ。きっとどこに行っても王将の餃子並みの値段でないことは承知だ。

僕は車内でも一度、ポケットの中に手を突っ込んでコンドームを確かめた。

この車の、この座席の、この下に、クリスマス・イブの夜、美奈のいやらしい口があったんだ。そう思うと体中が熱くなった。

「おなか減っちゃったぁー」

車は渋滞に巻き込まれ、逸《はや》る気持ちが寸断された。美奈は食欲、僕は性欲、早く満足したい気はいっしょだ。

二時間近くの間、僕たちは車中でどうでもいい話をした。誕生日、血液型、動物を飼ったことがあるかどうかなど、本当どーでも良かった。

「遅くなっちゃったんで先にホテルにチェックインしていい？」

そんな選択、僕には出来ないが、もう食事もどうでも良かった。

高級だった。想像以上の高級ホテルだった。

僕は小学校の高学年まで夏休みになると両親に連れられ琵琶湖の見えるホテルに泊った。小さな芝生の庭では釣りも出来るというホテル、それが僕の中での最高級ホテル。

車を降りて聳《そび》え建つ白亜の殿堂を見上げた。やはりどこかの王妃やハリウッドスターが泊るようなホテルだ。

〃オカン、親父ごめんな、僕は今、あなたたちを裏切ってこんな所にいる。でもな、でもな待っといてや、いつかは有名なグラフィック・デザイナーに成ってこんなホテルに泊めてあげられるような奴になるさかいなー、ホンマやでぇー〃

何だかそんなことを思うと、逸《う》る気持ちが少し失せた。僕は広いフロントの片隅で美奈の背中を見つめながら革の椅子に座った。

「ごめんごめん、チェックイン終ったから行く？　中華街、それともここのレストランって手もあるけどー」

いやいや、そんな選択、僕には出来ない。

「じゃさ、部屋に入ってルームサービス頼むってのは？」

「それでもいいよ」

いや、それがいい。それがいいに決っている。僕はいつも誰かまわりの人に判断を委ねてきた。自立したいと願ったのも、それを判断したのは結局、両親であって、僕はただ都合良くそれに乗っかっただけ。決断というやつからも逃避しようとしているんだ。

ホテルのボーイは部屋までついてきて、あーだこーだホテル内の説明をし、そして美奈にキーを手渡した。僕の頼りない態度を見て判断したに違いない。

「じゅん、見てよ、海がとてもキレイ」

僕の考えてたセリフを美奈が言ってしまったので、早くもシミュレーションは崩れた。ここでいきなりキスか？　肩抱いてそしてキスなのか？　紅茶を飲んでキスなのか？　僕は焦ったが、美奈の頼んだルームサービスってやつがいつ訪れるのか分らない。食事をするのがもう面倒臭い。でも、仕方ない。焦れば焦るほど童貞だってことがバレてしまう。僕は「本当だ！　キレイ」とか、どうでもいいセリフを吐きながらポケットに手を突っ込んでコンドームをも一度、確認した。落ち着くんだ、落ち着くんだ……広い窓ガラスには夜景といっしょに歪んだ僕の顔が映ってた。

美奈のオーダーしたルームサービスが部屋のチャイムを鳴らしたのは三十分ほどしてからだった。ドアを開けに行ったのは僕。「あぁ、どうもすいません。はい」初めての出来事にどぎまぎした。僕は何度も後ろを振り返り、美奈の様子を窺《うかが》ったが、彼女は表情一つ変えず椅子に座って細いメンソールタバコを喫っていた。

「どこに置きましょうか？」

料理を載せたワゴンを押してボーイが部屋に入ってきた。

「あ、そこでいいです」

僕は小さな声で答えたが、耳に入らなかったのか男はさらに進み、美奈の前でワゴンを止めた。

〝ガキのくせにこんなホテルに泊りやがって、しかもルームサービスときたか！〟

ボーイとは名ばかりで、僕よりは確実に歳上だ。きっと心の中ではムカムカしてるに違いない。

「じゃ、ここにルームナンバーとサインをお願いします」

「どうもありがとう」

美奈は何もかも慣れていた。僕はまだドア口にツッ立ったまま、大人な応対を見守っているだけだった。

ボーイは美奈のサインした紙を受け取ると、一礼して部屋を出ていった。

「さぁ、食べましょ、おなか減ったでしょ？」

僕は腑甲斐《ふがい》ない自分に少し落ち込みながらも、やっと二人っきりの夜が迎えられることに心が躍った。

「なぁ、食べた後、またあの男が下げに来るのかなぁ？」

僕は美奈の向い側の席に腰を降し聞いた。

「ドアの外に出しとけばいいのよ」

美奈はそう言いながら立ち上り、ワインクーラーに差したボトルを引き上げた。

「ねぇ、じゅん、シャンパン開けて」

いつ頃だろう？　親父がクリスマスの夜に銀紙に包まれたシャンパンを買ってきたことがあった。後にも先にもあんなに酔っぱらって帰ってきた親父を見たのは初めてだった。振り過ぎたシャンパンは居間の天井まで飛び散り、平和だった日本家屋を台無しにした。翌朝もまだ畳はベタつき、オカンがブツブツ言いながら部屋中を雑巾で拭いていたのを思い出す。

美奈から渡されたボトルは親父の持ち帰ったものと随分、様子が違った。指を切りそうなアルミを剝《む》き、恐る恐るコルクを引っ張ってみた。

「そんなんじゃ抜けないよ、じゅん」

美奈は笑いながら、

「私がやるから」

と、テーブルの上の器具を手に取った。

僕は手ブラとなり、またも腑甲斐ない自分に落ち込んだ。

〝ポ――ン！〟

僕は慌てて美奈に言われるまま、シュワシュワと音をたてる液体をグラスに受けた。

「じゃ、乾杯！」

大晦日の夜、実家ではきっと親父とオカンが掘ゴタツに入りながら、僕のことを語っているだろう。テレビから流れる陽気な芸能人の歓声を虚しく居間に響かせながら、僕の将来を心配していることだろう。

〝あなたたちの心配してる一人息子は今、受験勉強もしないで横浜の高級ホテルに女と居ますよ〟

そんな悪魔の囁きが実家に届かぬよう心から願って、「乾杯っ‼」と叫んだ。

いくらするかも予想がつかない高級中華料理を口に運び、気が付くと僕は熱くボブ・ディランを語っていた。きっと飲み慣れないシャンパンのせいだろう、もう酔いが回っている。フォークやロックに関心がない美奈に言ったところで、何の反応も期待出来なかったが、それでも僕は日本のフォーク・シンガーたちがディランに多大なる影響を受けたことや、ディランのやってきた偉大なる功績を熱く熱く語った。それは僕の憧れであり、ディランを熱く語っている時だけがとても僕らしく感じた。

若きディランが家を遠く離れ、師ウッディ・ガスリーに会いにニューヨークへやって来た。その街で希望と絶望をくり返し味わいながらディランはいろんなものを吸収し、それを歌にした。

〝まだルーレットは回っているんだし、誰のところで止るのか分るはずがないだろう〟

僕もディランのように思ってるんだと、言ってみたかった。

美奈は静かに僕の話を聞いていた。そして、話が途切れた時、

「がんばってね、じゅん」

と、優しく微笑んだ。

僕は急に恥ずかしくなって、「ごめん。語り過ぎた」と謝った。せっかくのムーディな夜を台無しにしたと後悔したからだ。

「先にシャワー浴びてきていい?」

美奈は遂にそう言って立ち上った。

僕はその時、美奈が言った「でも私は辛いじゃないの」という意味深な言葉を思い出した。

「あ…あぁ、先に入んなよ……」

言ってみたけど、僕は何かに怯《おび》えてた。

美奈がバスルームに消えて、これから先どういうことが起るのか、まだ大きな皺《しわ》一つないシーツを見つめ、大きなため息をついた。そして、コンドームをいつ装着するべきなのかと、部屋をウロウロした。

バスルームから微かにシャワーの音が聞える。美奈は何を思って体を洗っているのだろうか? いや、こんなことも美奈にとっては慣れっこなんだろう。

僕は勝手な想像をして、勝手な嫉妬をした。

薄いカーテンを少し開けて、ガラス窓に顔を近づけてみた。真っ暗な海の向うにポツリポツリと明かりが灯っている。落ち着くんだ……落ち着くんだ……

しばらくして美奈がバスローブをまとって現れた。長い髪は頭の上で巻かれている。

「じゅんも浴びれば？」

言った美奈の印象が少し違って見えたのは、きっと化粧を落したせいだ。目の上に黒く引かれたアイラインがすっかり消え、いつもより幼く見える。

僕は「じゃ、浴びてくる」と、努めて大人っぽく答え、悠然を装い歩幅を出来るだけ大きくしてバスルームへ向った。そこにはまだ美奈の香りが充満していた。

シャワーだけ浴びるなんて、プールに入った時以外にやったことがない。髪は洗うべきか、どれくらい時間をかけて体を洗うべきか？　でも一つだけハッキリしていることは、すでに勃起しているということ。落ち着くんだ……落ち着くんだ……僕は懸命に今置かれている不安な立場を思った。

美奈に倣《なら》ってバスローブに身を包みバスルームを出ると、部屋の電気は消えていた。あのワゴンもどうやら外に出されてるみたいだ。部屋は妙に静かだった。

ベッドの方に目をやると、こんもり盛り上っているのがぼんやり見える。美奈はもうそこに横たわっているんだ。

「美奈……」

小さく声をかけたが返事がない。

「美奈、もう寝ちゃったの？」

ゆっくりベッドに近づいた。

「美奈……」

本気で寝てたらどうしよう。もう一度「美奈……」と、今度は思いっきり彼女に顔を近づけ囁《ささや》いた。

「バカね、寝てないわよ」

美奈は笑いながら言って、掛けた蒲団を少しだけ持ち上げ、僕の入り込むスペースを空けた。

その時、闇の向うに白い肌が微かに光った。無我夢中でベッドに滑り込むと、美奈の体に触れた。膝、二の腕、胸、太モモ……

美奈はすでに裸だった。

「ねぇ、バスローブ脱いでよ」

言われるまま、僕はベッドの中でのたうち回りながらバスローブを脱いだ。

「焦んないでよ……」

〝いかん……バレてしまう〟

放り投げたバスローブは静かな音をたて闇の床に落ちた。

「きて……」

僕はその号令と共に美奈の体に覆い被さった。意外に小さかった胸や、思ってた通りの細い腰、妙にツルツルの足など一気に情報が頭に回ってきた。

「キスして……」

体をピッタリ密着させながら僕は息継ぎもしないでキスをした。

「もっとよ……」

もっとなんだ。

「そ…そこいい。そこよ……そこも……」

口以外も。首筋、耳の裏、耳の奥……

「あぁ……あぁーん。あぁ、あ――ん」

蚊の鳴くような声はだんだんとボリュームを上げて、僕はポルノ男優に成った気がした。

「早くぅー早くぅきてぇー」

この「きてぇー」は、さっきの「きて……」とはちょっと違う。

モジモジしていると次の瞬間、冷たい手が僕の熱い股間に伸びてきて、触って、包んで、ギュッと握った。

「じゅん、もうつけてるの」

不意に聞かれ、僕は途端に恥ずかしくなった。

「だ…って……」

僕はすでにバスルームで装着してきたんだ。

「いいのよ……きて……」

冷たい手に誘導されるまま、その濡れた入口を一気に突き上げた──

それはあまりにもアッサリとやってきた。「あ──ん」と、美奈の声が高くなったので、僕は〝もう入ってるんだ〟と、思った。後は一心に腰を振るだけ。もうそれは僕の意志ではなく、本能に動かされてる。今まで、僕が僕であると信じてたものが全てない。ただ、快楽の滝壺に落ちてゆく感じ。

「あ───っ！」

次に大きな声を上げたのは僕の方だった。あっという間に射精してしまった。

美奈の冷たかった体も今は少し熱を持っている。その上でだらしなく果ててしまった僕は、またあの夜のセリフ「じゅんはいいじゃない、スッキリしたでしょ、でも私は辛いじゃないの」を、思い出した。

こんなに早く終っちゃったんじゃ、美奈は辛い。初めてそのセリフの意味が分った。

このままだらしなく乗っかり続けてるわけにはいかない。何か気の利いたセリフはないものか？　僕はついつい、

「ごめんな……」

と、呟いた。

すると、美奈はいつもの声に戻って、

「何でいつも謝んの？」

と、言った。

何でって聞かれても、〝満足させてやれなかったから〟なんて、言えない。

「ねぇ、タバコ取ってくれる？　机の上の」

僕は重くなったコンドームを股間にブラ下げたままベッドから出て、美奈のメンソールタバコを探した。

「ここにハイザラも置くよ」

「ありがとう」

美奈はあんなエッチなことをした後とは思えぬほど冷静だった。美奈の吐く白い煙が大き

な輪となってゆっくり天井に昇ってゆく。僕はベッドの隅に腰を降し〝このコンドーム、いつ外し結ぶべきか〟と、考えていた。

少し沈黙があって、

「じゅんって、ひょっとして初めてだった?」

と聞いてきた。

僕は焦りながら、

「ち、違うよ」

と、言った。

「前にも聞いたよね、いくつだって言ってたっけ?」

言ったけど、いくつって言ったっけ? 適当に言った歳なのでハッキリ覚えていない。

「えーと、十八の時……」

しどろもどろになって答えた。

「ふ――ん」

美奈はタバコをハイザラに押しつけながら、

「じゅんって、嘘つきなんだ」

と、言った。

その言葉が怖過ぎて、ベッドの脇で僕は固まった。

「私さ、嘘つく人って一番キライ！　どんなに優しくったって嘘つく人ってキライ」

そんなに怒られるなんて思いもしなかった。

僕は嘘をつきたかったわけじゃない。見栄を張りたかっただけなんだ。だって、そうでも言わなきゃ男として立つ瀬がないじゃないか。

童貞が童貞である所以《ゆえん》は、決して童貞であることを正直に告白しないところだ。

「う…嘘なんて、ついてないって！」

「もう、いいよ、だってあの時、ハッキリ十六歳って言ったもん、私、しっかり覚えてるよ」

僕はもう弁解する気をなくした。

「ねぇ、じゅん、絶対に約束して、今後、私には二度と嘘をつかないって、ね、本当よ」

こんな展開になるなんて夢にも思わなかった。

その時、〝ボトン〟と、小さくなったペニスからコンドームが抜け落ちた。

「わ…分ったよ……ごめんね……」

僕はまた美奈に謝った。

何だかジワジワ涙が溢れてきて、もう一度、

「ごめん……」

と、謝った。

「もう、いいって泣かないで、ね、嘘はつかないでよ、ね。もう一度、こっちに来てよ、ね、こっち来てもう一回、抱いてよ、じゅん」

と、美奈はベッドの中から僕の手を引いた。

言われるままにベッドに戻りもう一度、美奈を抱き締めた。嘘をついたことは認めたが、僕は最後まで童貞であったことだけは告白しなかった。

美奈はさらに積極的に、今度は自ら蒲団の海に潜っては僕の体をナメ回した。

やっぱり全然、満足してなかったんだ。

「ねぇ……、きてぇー」

またも美奈は僕の股間に手を伸ばして言った。でも、まだ新しいコンドームをつけていない。

「大丈夫だから、今日は大丈夫な日だから……」

美奈はそう呟いた。

翌朝、ホテル代は美奈が払った。

僕はロビーの隅に居て、また後ろ姿を見守っていただけ。

それでも「半分払うよ」と、財布を出すと「いいのよ」と、美奈は断った。

「ごめんね……」

「ごめんねは、もういいって」

美奈はそう言って、笑った。

今日から美奈は僕のものなんだ。そう思った。それから手をつないでエレベーターで地下の駐車場まで降り、当然のように彼女の車の助手席に座った。

車の中は冷えきっていて、ヒーターを入れるとガラス窓が一気に曇った。

美奈がバッグからタバコを取り出そうとした時、僕は手慣れた感じで体を乗り出し熱いキスをした。

〝明かりの灯った夜の街を
窓から見つめる俺の影は
あまりに淋しい
冷たい風が吹き込むと
おまえと過ごしたあの部屋は

またも静かに目を閉じる
出来ることなら伝えてくれよ
こんなに淋しい男にしちまったのは
おまえだってね
グラスの氷が音を立てて
おまえを愛したあの夜は
何もかもがまぶしすぎたのに♬〟

元日、朝の横浜は時が止ったみたいに静まり返っていた。人気のない道を抜けて車は海の見える場所に出た。

「どうする？　これから」

美奈は窓を少し開けてタバコを喫っている。

僕には全くプランがない。

「別になんでもええけど……」

美奈に委ねたかった。

「じゃ、どうしよっか？　じゅんの家にでも行く？」

その言葉は何を意味したのか？　美奈はもう一度、ベッドに戻りたがっているのか？

「まだちょっと寝足りないもん」

甘えた声だった。

「オレも！」

眠いどころか、またもムクムクと欲望が目を醒ました。

「じゃ、じゅん、その前にちょっと家に電話していい？　かなり怪しんでると思うから」

美奈は一体、どんな嘘を親についで出てきたのだろう？　あんなに嘘が嫌いなのに。

車は公衆電話を探して走った。

「ちょっと待ってて」

車を路肩に止め、美奈は飛び出していった。一人残された僕は座席に深く腰を掛け、つい数時間前の出来事を思い返して幸せな気持ちになった。

二度目にした時、美奈は僕の背中に手を回し、思いっきり抱き締めながら「いいわ、いいわ」と、何度も叫んだ。一度目はコントロール出来なかったが、二度目は少し調節が利くようになってきた。

そして美奈は、

「すごいねじゅん、体が壊れるかと思った」

と、うれしそうに言った――

その時も僕は、

「ごめんな……」

と、謝ったが、それは謝らなくてもいいことなんだと教えられた。

しばらくして美奈が暗い顔をして車に戻ってきた。

「大丈夫？」

聞いたが返事はない。美奈は少しイラつきながらタバコを喫った。

車内に沈黙が続いた。

「もう、ムカつく‼」

美奈が大声を出した。どうやらかなり親と揉めたらしい。

「もう、家なんか帰んないから‼」

「どうしたんだよ？　大丈夫？」

こんな時、当り障りのない言葉しか出ない僕が情けなかった。

美奈は〝フー〟と、大きなため息をついて、

「ごめんね、じゅんには関係ないことだもんね」

と、言った。

「関係ないことはないよ、だって——」

　と、僕が大人っぽく話し始めると美奈は、

「関係ないよ、じゅんには」

　と、今度は吐き捨てるように言った。

「だってじゅんは、誰にも怒られないでしょ、私はじゅんとずっと居たいから……」

　言いながら美奈はとうとう泣き出した。初めて見る泣き顔だった。

　黒いアイラインが流れ落ち、目のまわりがパンダのようになっている。

「本当、ごめんね、私、やっぱり今日は帰るわ、じゅん、青山通りで落していい？」

「あぁ、もちろん……」

〝胸の中で眠ってた
　化粧を落したかわいいおまえが好きさ
　今は離れ離れの日々
　おまえには分っているのか
　こんなに淋しい俺の気持ちが

明かりの灯った夜の街を
窓から見つめる俺の影は
あまりに淋しい♬〟

車は表参道と青山通りの交差点で止った。

「ここでいい？　今日はごめんね」

美奈は慌ててた。早く家に帰らなきゃマズいほど親との関係が悪化したのだろう。

「いや、こっちこそごめんな」

僕は優しい顔を作って言った。

「ねぇ、今度いつ会える？」

「いつでもいいよ、僕に予定なんてないから」

すっかり浪人生や、帰省のことなど忘れていた。

「じゃ、また電話するね」

「うん、美奈ん家って、ここら辺なん？」

まだ話を少し長引かせたかったのは、もう一度だけキスがしたかったからだ。

「その先を左に入ったとこ」

僕はまた体を運転席に伸ばして美奈にキスをした。

「じゅん、ダメって！　ここは御近所なんだからぁー」

横浜の朝と違って昼過ぎの青山は初詣《はつもう》で客で人通りも多かった。

「ご…ごめんな……」

慌てて離れたが、

「ごめんは、もういいって」

と、美奈は悲しそうな笑顔を作った。


上京して間もない頃のような不安と孤独感がまた僕に襲いかかってきた。美大に合格し、卒業したらグラフィック・デザイナー、そんなスイートな夢も現実逃避と肉欲に溺れて萎《しぼ》み始めてる。

僕は、大都会に呑《の》み込まれトボトボと青山通りをさ迷った。

〝ボブ・ディラン　初来日　武道館公演決定!!〟

突然、目の前に飛び込んできたのは歩道脇のデッカイ看板。僕はそれを見るなり体が震えた。

ハーモニカホルダーを首から下げ、眉間にシワを寄せ気難しそうに歌う神様の姿がそこにあった。

神様は僕にこう言ったんだ。

〝どんな気がする？〟

って――

ディランがやって来る……ディランがやって来るんだ……

僕は何度も何度も心の中で呟いた。でも、見に行ってる場合かよ！　と、立場のない自分にツッ込んだ。

今からでも遅くない。今からもう一度、真剣に受験勉強をしよう。そして今年、合格して四年後にはプロポーズするんだ。そうすればもう美奈は親に嘘をつくこともないし、怒られることもないだろう。

「じゅんには関係ないことだもんね」

淋しそうに美奈が言った言葉の意味がやっと分った気がした。

もう他人じゃないんだ。肉体の関係があるんだ。僕は美奈を幸せにしてやらなければならないんだ。

気が付くと僕は美奈が言った「その先を左に入ったとこ」の家を、捜していた。将来、結婚するわけだから、美奈の実家を知っておいてもいいだろう。

ファッションビルの建ち並ぶ賑やかな表通りを一筋路地に入ると、閑静な住宅街に変った。僕は一軒一軒の表札を見て歩いた。

どんな大豪邸であっても決して驚いてはいけない。僕にはでっかい将来が待っているんだし、愛さえあれば何だって乗り越えられるはずだ。

「どこか、お捜しですか？」

突然、声をかけられ我に返った。

家の前を掃いている主婦が不審そうな顔で声をかけてきたのだ。

「い……いや……」

マズイことになった。

「か、金田さんってお宅はどこですか？」

仕方ないので、思いきって聞いてみた。

「ああ、金田さんとこならここから四軒先ですよ」

と、おばさんは答えた。

「どうもありがとうございました」

好青年を装ったつもりだったが、僕の時代遅れな長髪はこのオシャレな街に馴染めるはずがない。

後ろを振り返ることなく、少し駆け足で金田宅に近づく。

石垣の下の駐車場に美奈の車を発見した。長く延びた白い塀、きっとその向うに広い庭が続いているのだろう。そして、さらに先に家というか、四階ぐらいはある鉄筋のビルが聳え建っていた。

それは想像を遥かに超えた泣きそうになるぐらいすごい豪邸だった。このビルのどこかで今、美奈が親に昨夜の言い訳をしているなんて、嘘のようだった。「いいわ、いいわ」と、僕の体を抱き締めていた女がここに今、居るなんて信じられなかった。

たとえここで僕が美奈の名前を叫んでも、決して届くことはないだろうし、きっとお抱えの警備員に取り押さえられてしまうだろう。

僕は『ローマの休日』のラストシーンを思い出した。王女様と新聞記者の淡いラブロマンス。迎賓館に戻った王女と、靴音を淋しく響かせ去ってゆく新聞記者。立場の懸け離れた決して実らぬ恋に僕は涙した。

好きだけではどうしようもないことがこの世にはあるという。絵を描くのが好きだからといって、誰もが絵描きに成れるわけじゃない。歌を作るのが好きだからといって、誰もがミュージシャンには成れるはずがない。

僕はそんな話を高校時代、進学指導の教師から聞かされた。大人たちは「現実はそう甘くないから」と、言うんだ。

でも僕はいつも、僕だけは違うと信じてきた。その根拠は一体、何だったんだろう？ものすごく好きだったら僕はどうにかなるって信じてる。オカンがいつも言ってる「あんたは何でも出来る」を信じているのか。

僕は今、この世で一番に美奈が好きだ。それには自信がある。好きで好きで、美奈の家の前に立つほど好きなんだ！

「ちょっと、あなたね、そこで何してるの？」

また背後から声をかけられ、心臓が飛び出すぐらい驚いて振り返った。

そこには先ほど道を教えてくれたおばさんが立っていて、僕を睨みつけている。

「い…いや……その……金田さんとこに用があって……」

しどろもどろになっていると、おばさんは、

「警察に通報するわよ！」

と、怒鳴った。

僕はもう形振《なりふ》り構わずその場から駆け出した。全速力で今来た道を引き返し、人ごみの中に身を隠した。

ハァハァハァ……

ハァハァハァ……

初詣でに出掛けてきた幸せそうな和服姿の男女が僕を見て笑ってる気がする。大都会がちっぽけな僕を笑ってる気がする。

新宿から乗り継いだ中央線はがら空きだった。

僕は広いシートにドカンと腰を降し、まだ息を切らせてた。

一体、ここで僕は何をやってるんだろう？

帰る家がないわけではない。そんな辛い生活を強いられているわけでもない。なのに僕は己のボンノウに振り回され、わざと辛い想いをしている。

この街には成功があるという。誰もがそのチャンスを待っているという。しかし、成功のために何の努力もしてない僕にはそのチャンスは決して回ってこないだろう。

いつもより空気の澄んだ西荻窪駅で降り、トボトボと家に向う。

静まり返った玄関先、おばさんとおじさんはいなかった。童貞喪失の翌朝がこんなに淋しいなんて思わなかったよ。

〝僕の頭にある思い出のひとつひとつを

あん時はこうだったんだって話しかけても
きっと誰も耳を貸してはくれないだろう
そんなものさって言ってしまえば
人生なんて
話題にもならなかった映画のようなものなんだ
悲劇のヒーローになりたかった
わかってもらえる奴もいなくて一人ぼっちの
だけど僕の心の奥底ではいつも
誰かがきっと見守ってくれてるなんて
話題にもならなかった映画のようなもんなんだ♬〃

僕の弾くギターのコードはマイナーで、僕の気持ちをさらにマイナーにした。

静かな部屋の机の上にはカラカラ帝という石膏像。眉間にビッチリ皺を寄せ、僕を睨みつけている。

おまえもそんなに眉間に皺を寄せてんだからハッピーなことはなかったんだろ。どんなリッパなことをしたのか知らないけれど死んじゃえば何もかもおしまいさ。

閉め切ったカーテンの隙間から冬の陽差しが漏れている。その光には強弱があった。いろんな光の調子が当っておまえを石膏像として認識しているのに過ぎない。眉間の皺から深く窪《くぼ》んだ目元は光のグラデーション。そして高くごっつい鼻は光と影によってクッキリ明暗に分けられている。

当り前のことだけど、僕はしばらくカラカラ帝を見つめていた。

〝光と影〟そして、〝明暗〟。

この世の中の全てのものは、それによって分けられているだけのこと……分けられているだけのこと……

僕はその時、何かとても重要なことに気付いた気がした。ハッキリと言葉では言い表せないが、石膏像を石膏像だと思い込んでいたのが大きな間違いだったって気付いたんだ。コイツはコワイオッサンなんかじゃなくて、光と影に分けられただけの単なる物体に過ぎないんだ。何のことはない、それがオッサンじゃなく、デッサンというものなんだ！

僕は慌てて立ち上り、部屋の隅に立て掛けてあったイーゼルを石膏像、いや単なる物体の前に置いた。そしてカルトンに紙を挟み、デッサンを始めたのだった。

第五章

ラブ・シック

「もう会いたくなっちゃった」

翌日の夜、さっそく美奈から電話があった。

僕はいつもより数倍の後ろめたさを感じながら居間の隅に立っていた。

「あぁ、俺も……」

背後でテレビを見てるおばさんとおじさんに話の内容が漏れないよう声を殺して答えた。

「ねぇ、これからそっちへ行っていい？」

「あぁ……」

もう目前に迫っている受験と、そんなことお構いなしにセックスの約束を取り付けているという後ろめたさ。

美奈の声は横浜のホテルで「こっち来てもう一回、抱いてよ」と、言ったあの時のトーンだった。

居間の柱時計に目をやると九時過ぎ。この老夫婦の家はいつも十時には消灯する。

「一、二時間でもいいのよ、じゅんの顔が見たいだけなの」

それだけじゃないだろ。

美奈の白い肌が頭いっぱいに広がってきた。

そうなるともう自分でも手がつけられない。彼女の言いなりになるしか出来なくなるんだ。

する。

「じゃ、これから行っていい？」

青山の大豪邸、厳格な家庭の一人娘。大人のように困ってみたり、子供のように泣いたり

「こいつはなー、男を取っ替え引っ替えの浮気女なんだよ！」

あのセリフがまた気になった。

僕は一体、美奈の何を知っているというのだろうか？

重い受話器を置いて、「どうもすいませんでした」と、僕は軽く一礼をして部屋に戻った。

描きかけの石膏デッサンがイーゼルの上にポツンと載っている。

〝光と影〟

この世に存在するものは全て、これによって見え隠れしているだけのこと。窓から差し込む昼の光と、今の蛍光灯の光では石膏像の見え方も違ってくる。こんな単純なことにどうして僕は長い間気付かずにいたのだろう？

そして、どうして目の前にあるものの本質を見抜けなかったのだろう？

こんなもの今、地震がきて床に落ちたら粉々に割れて途端に単なる石膏の欠片《かけら》になるだけのもの。さらに細かくなれば最終的には風に吹き飛ばされてしまうもの。

僕は何か悟った気になって、深刻な顔をしている石膏像が怖くなくなった。こんな奴に負

けてなるものか。

でも一向にデッサンの手が進まないのは、また美奈のことで頭がいっぱいになったからだ。青山から車でここまで何十分ぐらいかかるのか？

でも、どうする？

正面玄関のチャイムを鳴らされでもしたら、おばさんとおじさんに気付かれてしまう。当然、こんな夜遅くに訪ねてくる女を歓迎するはずもないし、最悪、追い返すかも知れない。そして、田舎の両親に報告でもされたら僕はこの東京に居られなくなる。

でも、抱きたい。あの白い肌に体ごと逃げ込みたい気持ちなんだ。

何度も何度も時計を見て、遂に僕はコートを羽織って寒空の下、彼女の車がやって来るのを道端で待った。

一時間以上、経っただろうか、待ち侘《わ》びた頃、暗い路地の向うに美奈の車らしきライトが見えた。僕は冷えきった指に最後のタバコを挟み、気付かぬフリをして火をつけた。

道路脇に車が止ると、

「えー！　待っててくれたのぉー」

と、美奈が車の窓を開けて言った。

「いや、タバコ買いに出たんや」

もはや童貞ではないという自信なのか、僕は大人っぽく答えた。

美奈は車を降りて、

「すごい手が冷たいじゃない、早く部屋に入ろ」

と、手を握り体を擦り寄せてきた。

前にも説明したのに、まだ美奈は僕の置かれている状況を把握していないらしい。ここはマンションでも、アパートでも、ましてやラブホテルなんかじゃなく、親戚の家なんだ。

「悪いんだけどここの家の人、もう寝てるからこっそり入ってくれるかなぁー」

「えー、そうなの？」

美奈はやっぱり状況を理解していない。玄関のドアノブを静かに回す僕の後ろで、

「何だかスリルがあっておもしろいわね」

と、小声で言って笑った。

玄関先から延びた暗い廊下、この向うに居間があって、その先におばさんとおじさんが寝ている部屋がある。

「ハイヒール……ヒール……手に持って……」

僕は美奈の靴が気になって振り返った。まるでドロボーのように息を殺し、抜き足差し足で家に上り込み、僕の部屋に逃げ込んだ。

「あ、ちゃんとデッサンやってるじゃん」

美奈の声は大きく、僕はシーッと口に手をやった。

「会いたかったよ、じゅん」

そんなことお構いなしに美奈は激しく抱きついてキスをしてきた。何度も何度もキスをして、そのままベッドに倒れ込み、また何度も何度もキスをした。

「ねえ電気、消してくれる？」

美奈はまるでホテルと同じように言った。部屋の隅で〝こんな時期に一体おまえは何をしてる〟と、石膏像がまた僕を睨みつけている。

古い家屋に染み付いたカビやタバコの臭い。やっぱり美奈の来る所じゃない。

暗くなった部屋、石油ストーブの放つオレンジ色がムードランプのように光り、僕はまた美奈の白い肌の上に乗り、「きて……」を合図にペニスを挿入した。

次第にベッドは激しい音をたて、美奈の声も大きくなった。僕はそのたびにキスやシーツの端で口を封じた。

僕はその夜、とうとうセックス・マシーンになった気がした。

「そろそろ帰るね」

外が完全に白み始めた頃、美奈は眠そうな声を出してゆっくり起き上った。

「じゅんは寝てていいよ」

灯油がなくなったらしくストーブは燻《くすぶ》って嫌な臭いがした。僕は器用にブラジャーをつけている後ろ姿をぼんやり見つめ、また淋しくなって、

「今度、いつ会える？」

僕から聞いた。

「またすぐ来るって」

あんなに甘えてた美奈がまた大人の女に戻ってた。

「ねぇ、どうすればいい？　玄関から出るのは危険じゃないの、このさ、窓から出られないかしら」

美奈はコートを羽織りながらそう言った。

ベッドの脇は観音開きのガラス窓になっていて、確かにそこから降りれば見つからない。窓から地面まではさほどの高さはない。

「大丈夫？」

先にハイヒールを窓の外に落しておいて、美奈は少し勢いをつけて窓から飛び降りた。

美奈は庭先でハイヒールをはきながら、

「今度来る時はここから入ることにする」

と、笑って手を振った。
早朝の冷たい風が開け放した窓からごっそり部屋に入り込んだ。美奈との甘い一夜を一気に吹き飛ばしてしまうように。

〝君が帰っちまった今は
まるで僕の部屋が泣いてるようだ
窓も壁も床もベッドも
すべてのものが悲しみの中にいる
君の仕草ひとつひとつを
まるで夢のように思い出してる
僕のギターも泣いてる
君がいない時を悲しむように
そして何よりも僕の心は
冷たい雨の中で
びしょ濡れになっている♬〟

僕はまた浪人生ということを忘れ、ジョージ・ハリスンに感化されたメロディでフヌケなラブソングを書いた。受験まであと一ヶ月ともう少し。僕はどうしたらこの麻薬のような快楽から抜け出せるのだろうか？

「純ちゃん、年賀状が来てたよ」

おばさんが昼間、部屋に届けてくれた。

そんなことすっかり忘れていた。受け取ったハガキは驚くべき人物からのものだった。

一枚目は加代子からだった。

〝元気にしてる？　私は今、岡山の実家に戻りＯＬをしています。じゅんは絵描きさんに成れたのかい？　がんばってね♥　あなたの加代ちゃんより〟

あの頃の思い出がドッと胸に押し寄せた。

でも今の僕は加代子が知ってる僕じゃないんだ。東京ですっかり変ってしまった僕を、君はきっと嫌いになると思うよ。

年賀状に加代子の住所は記されていなかった。加代子もまたあの頃の加代子じゃないのかも知れないと思った。

人は同じ場所にずっと居られない。あの頃と同じ気持ちでずっと居ることは出来ないんだ。

変ってしまうことは進歩だろうか？　仕方なく変ってしまうことの方が多い気がする。

もう一枚は、池山からだった。

〝便器け？〟

相変らずのくだらないギャグとヘタな字ですぐに分った。

〝イヌ、東京ではどうもありがとさん　また京都帰ってきたら飲みたおすどー　がんばれよ！

P・S　最近、ビチが女と文通しとるらしい　きっとブスに決ってる　ほな〟

僕は涙が出そうになるくらいうれしかった。

東京での二人の亀裂は、何もなかったことにしてくれた池山の優しさで修復された。僕は友情というものを改めていいなと思った。

本当は今、おまえに電話して〝この間はスマンかったな〟って一言、謝りたい気持ちでいっぱいなんだ。

でも、何かそうは出来ない気持ちが僕にはあるんだ。単純にリセットして、またあの友情を始めることが怖いんだ。

それから二日経って、

「じゅんとは当分、会えなくなるから今夜、行っていい？」

と、美奈から不安な電話がかかってきた。

僕はいつものように居間に立って、口籠りながら電話を受けた。

別れ話かと一瞬ギクリとしたが、

「明後日から十日間、ママとフランスに行かなきゃなんなくなっちゃって――」

と、美奈は言った。

「行かなきゃなんないって、仕事なんか？」

十日間も会えない淋しさもあって僕は聞き返した。

「ママはこの時期パリで買い物をするのよ、いつもそのお供なの」

人間は生れながらにして平等ではない。それは分っているつもり。でも、中流家庭に育った僕はそのブルジョワジーってヤツを思いっきり嫌悪した。

「別にお供なんてしなくてええやん」

所詮、彼女にとって美術など趣味に過ぎない。初めから分ってたつもりだったけど、バカにすんなよって気になった。

「じゅん、怒ってるの？」

「怒ってなんかないよ！」

背後のおばさんとおじさんを忘れ、思わず大きな声を出してしまった。

「私がどれだけじゅんに会いたがってるか、分ってないでしょ」

言い返されると何も言えない。

「私も別にパリなんて行きたくないわ、でもね、ママの機嫌を取っとかないとじゅんに会えなくなるのよ！　ちっとも私のことなんて考えてないでしょ、じゅんは！」

いくら童貞を喪失したからって、彼女との年齢差は縮まらない。いくらベッドの中で男らしくしたって、その関係性は変らない。

「怒ってないって、本当、本当やて、何で怒らなきゃなんないの俺が。分ってるって、ちゃんと気持ち、分ってるって」

僕は必死に弁解した。

「分ってよね、愛してるんだから、じゅんのこと、ね、じゅんは愛してる？　私のこと」

そんなことここで聞かれても困る。僕の今、置かれてる状況も少しは分って欲しい。

「も…もちろんやて……」

小言で答えた。

それから二時間ぐらいして、美奈は部屋の窓ガラスを静かにノックした。

「ハイヒール取って」

予め脱いで窓越しに渡し、部屋の中から僕が彼女の両手を引っ張って持ち上げ、そのままベッドに。まるで救出作戦だ。

「今日は早く帰んなきゃならないから」

美奈はそう言って早々と服を脱ぎ始めた。

何回も何回もキスをしてると時間がなくなると思ったので前戯は早目に切り上げ、セックスの体勢に入ろうとしたら、

「ねぇ、蒲団が暑いわ」

と、美奈が言い出した。

確かに暖房が効き過ぎて二人ともすでに汗だくだ。

僕は掛け蒲団を撥《は》ね除《の》け、裸のまま二人はベッドで絡み合った。

電気は消してあるものの大胆で濃厚なプレイが続き、美奈の声も大きくなった。

「あぁ――いいわ――もっとよ――!」

おばさんとおじさんはもう寝入っただろうか?

美奈はこれから当分会えないことに「淋しくて死にそう」と言い、僕も「同じ気持ちや」

と、言った。

何度も抱き合って、

「ねぇ、ねぇ、愛してる? ねぇ、私のこと愛してる? ねぇー」

と、何度も美奈が聞いてくるので、そのつど僕は「うん」「うん」と、答えた。でも、僕

は知っている。この愛は決してジョン・レノンが歌うラブじゃないことを。

その時、美奈の声の向うに電話のベルが微かに聞えた。聞き間違いか？　いや、確かにしてる。そしてベルが止んだかと思うと、この部屋に向って誰かが歩いてくる音がした。

「ねぇー、ねぇー、愛してる？」

〝ミシ　ミシ　ミシ……〟

その足音はかなり近づいてきて、ドアの前でピタリと止った。

そして、

「純ちゃん、電話」

と、おじさんの低い声がした。

とっさのことで慌てた僕は美奈の口を封じることで精一杯だった。すぐに返事をすれば良かったのだが――

ドアを開けたおじさんの目に飛び込んだのは僕のスッ裸の後ろ姿。

そして次に見たものは、僕の下敷きになっているスッ裸の女の姿だったろう。電気は消してあったが、石油ストーブの放つ光でハッキリ見えたはずだ。

僕は振り返ることが出来なかった。いや、こんな状態で振り返って一体、何と言えばいいのだ。

おじさんは何も喋らず静かにドアを閉めた。

背中を流れる汗は冷水に変った。

「じ…じゅん……」

美奈が下から呟いた。

僕は声も出なかった。

「誰かに見られちゃったよ……大丈夫なの？」

おじさんがその場で怒鳴らなかったことがさらに不安をかき立てた。〝追い出されるかも知れない〟

僕はどんな顔をして居間に行けばいいんだ。

「じゅん、私さ、もう帰るね」

僕の硬直した体を擦り抜けて美奈は立ち上った。そそくさと服を身につけ、バッグからコンパクトを取り出して化粧を直し始めた。自分は少しも悪くないという感じだ。

それにしても一体、誰からの電話なのだろう？　こんな夜更けに。

僕は服を着て恐る恐る電話のある居間に向った。真っ暗だ。

放置された受話器にそっと耳を当ててみると、〝ツーツー〟と、すでに切られた音がした。

一体、誰だったんだ？

美奈は「大変なことになったね」と、言ってガラス窓から出て行った。「また帰ってきたら電話するね」と、手を振ったけど僕は何も答えなかった。いや、答えられる気力が残っていなかったんだ。

それから何の進展もないことが逆に不気味で、〝ひょっとして、おじさんは気が付かなかったのでは？〟〝いや、そんなことはない〟〝いや、老眼で下になっていた女までは見えなかったのでは？〟〝いや、流石《さすが》に気付くだろう……〟いろんな考えが次から次へと湧き上ってきた。

美奈はもうフランスに着いたのだろうか？　Hが見つかってショボくれている浪人生には想像もつかない。シャンゼリゼ通りや凱旋門、知識が貧困過ぎてそれ以上は浮かばない。〝芸術の都・パリ〟、とか言うんだろ。一体、この世の中に芸術家は何人いて、その中の何人が食えているというんだ？　結局、エラソーに芸術なんて言ってもパトロンがいなきゃ成立しない職業なんだろ。趣味で絵を描いてるような人には関係ない話だ。

あれから四日経って、

「純ちゃん、電話」

と、ドア越しに言われた時、背筋が凍った。しかし、声の主はおばさんの方。僕は慌てて今度こそは大きな声で「はいは――い！」と、答えた。

もう何もなかったような顔をしていくしかないと思った。

居間にはおじさんの姿はなく、僕は少しホッとして電話に出た。

「どうえ？　がんばってるんか」

オカンだ。

その声の調子からしてまだバレていないようだ。

「受験ももうすぐやさかい、カゼ引かんようにせなあかんで」

「あぁ、分ってるって」

オカンの後ろで、

「おばさんとおじさんには迷惑かけてへんか？」

と、親父の声がした。いつものセリフなのに今回は心が痛かった。

「それにな、受験前で忙しいやろけど一日でええから帰ってきよし、ちょっと大切な話もあるさかいに」

〝大切な話〟って何だ⁉　やっぱりあのことはすでにバレているのか。

「ま、受験前の気晴しにいっぺん帰っておいでや」

優しい言葉が逆に怖かった。

「なあ、この間、夜に電話せーへんかった？」

どうしても確かめてみたくて聞いた。

「してへんで。何かあったんか？」

「い…いや、何もあらへん」

おじさんが告げ口してないことに感謝した。

「じゃ明日、帰るわ」

と、僕は何だか気が弛んで思わず言った。

「そうか、そうか、待ってるさかい早よ帰っておいでや」

その言葉は天国から聞えた気がした。

でも、初めての帰省は東京の生活に負けたようで少し悔しい気がする。

まだ半年くらいしか経ってないのに何もかもが変ったように思えるのはやはり童貞を捨てたからなのか？


〝東京の一夜はこの街ですごす一年のよう♬〟

甲斐バンドの歌のフレーズが頭の中で回っては消えた。

第六章

ゴチャマゼの混乱

希望に満ち溢れたあの夏の光はもうどこにもない。

京都駅北口前から宇多野《うたの》行きのバスに乗る。平日の午後ということもあってか、僕がかつて知っていたこの街よりもさらに緩い雰囲気が充満していた。

車内には五、六人の年寄りが死んだように座ってる。頭がボーッとしてくるような気だるい暖房と鈍いエンジン音。その上に車内放送のテープがかなり伸びている。

「次はぁー四条おぉみやぁ〜〜〜」

たぶん元は女性の声だったのだろう、今はまるでハスキーなオカマみたいに聞える。その変化に車内の誰も笑う者はいない。あまりにゆったりとした時の流れにみんなボケてしまっているんだ。

僕は最後尾の長椅子に座り、何一つ変っていない街並みをただ見つめていた。上京してまだ半年、そんなに大きな変化があるはずもないが、それにしてもこの退屈な雰囲気は何だ？童貞を捨てたからって大人に成れたわけじゃない。前よりも淋しさは募り、何も手につかないほど美奈の体が欲しくなるだけ。今、彼女は僕の知らない外国で、何をしているんだろう？

バスが二条城前を通過する。長く続く白い石垣が見える。僕は美奈の家を思い出した。そして僕はどんどんバスが実家に近づくにつれてフワフワとした実体のない自分に戻ってゆく気がした。

バスに揺られ、鳴滝《なるたき》のバス停に降り立つとなつかしい畦道《あぜみち》が見えた。ここら辺は街の中心部よりも確実に気温が低い。張り詰めた冬の空気をいっぱい吸い込んで僕は安堵《あんど》と後ろめたさを感じながら家に向った——

「おかえり」

オカンはそう言って僕を迎え入れた。家の中は何一つ変ってはいない。

「親父は？」

「会社に決ってるやないの」

オカンは呆れたように言った。世間はすっかり正月気分を終え通常通り動いてた。

「あんた、ちょっとヤセてへんか？」

そう言いながらオカンは紅茶を二つ、透かしの入ったアンティーク風カップに入れて運んできた。掘ゴタツのテーブルを挟んでオカンと久しぶりに向い合った。

僕は刑務所に長い間入れられてたみたいに何から話していいやら、何を喋ってはいけないのか、気持ちの整理が出来ていなかった。

「ハイザラ、ある？」

「隣の部屋にあるわ」

誰もこの家の者はタバコを喫わない。僕は立ち上り応接間から来客用のハイザラを持ってきた。

堂々と親の前でタバコを喫うのは変な気分だ。

「あんた、聞きたかったんやけど、東京に好きな人がおるんやろ？」

オカンは突然聞いてきた。

「えっ？」

誰からそんな話、聞いたのだろうと焦った。ま、まさか！　お、おじさん………

僕はあの夜のことがやっぱりバレているんじゃないかと思った。オカンの顔を真面に見られない。

「だ、誰から聞いたん？　そんな話」

僕は聞き返した。

「そんなこと聞かんでも分るがな」

「何でやな？」

オカンは悟ったような笑みを浮かべ、

「顔に書いてあるさかい」

と、言った。

「あんたがどこに居ようと、大体のことは分るんやで、大体どんなことを思って、大体どんなことをしてるかぐらいは親やさかい分るがな」

〝嘘や〟と、言おうとしてやめた。

「あんたが好きになった子やし、たぶん優しいええ子やと思うけどな、親としてはな、勉強と両立出来るんか、そこを心配してるんや」

帰ってくるなりこんな話の流れ、やっぱりバレているに違いない。

「名前は何て、いうんや？」

「えー、名前なんてどうでもええやろ」

「いくつぐらいの子なんや？　あんたと同い歳か？　ええやんか、教えてぇーな」

僕はてっきり怒られると思ってた。浪人生の立場で女にメロメロになっている息子は怒られて当然だろう。

「何で怒らへんのや？」

僕は恐る恐る聞いた。

「何で怒らなあかんのや？　あんたも年頃や、好きな子ぐらいおるのがフツーやないの」

オカンはどこまで僕を見透かしているのだろうか？

「ええやないの、あんたは京都におった時は全然モテへんかったもんなぁー」

僕がフツーだと思ってたこと。僕がフツーじゃないと思ってたこと。それも全部、親が決めたこと。僕は一度もフツーについてなんて考えたこともなかった。

僕はもう観念して美奈のことを喋り始めた。

「卒業したら結婚しようと思てるんや」

「そんな約束、もう美奈さんとしてるんか？」

オカンは至ってフツーに聞いてきた。

「まだしてへんけど、今度会うた時、言おうと思てるんや」

オカンはしばらく黙ってた。

「初めてあんたの意志で上京したんや。私らもあんたのやりたい夢に少しでも協力したろと思てる。でもな、それと結婚は別の話や。あんたの今やらなあかんことは先ず大学に入ることやで。初めて出来た女の子やもんな、あんたの意志がグラついてるのもよう分る。あんたは優しい子やさかい振り回されてるんやろ。相手が歳上やったらなおさらや。でも、ここで踏んばらな何もかもおしまいになってしまうで」

僕は何も口を挟まず聞いていた。

「それだけや、私が言いたいことは。お父さんにはこの話は言わへんさかい」

「…………」

夜、親父が会社から帰ってきて、すき焼きを食べた。

「どうや？　おばさんとおじさんには迷惑かけてへんか？」

直《じか》に聞くセリフはさらに耳が痛かった。

これが合格しての帰省であればどんなに楽しかったことか。半年前までは自分の部屋であった二階に上ってみると、いらなくなった応接セットやミシン、マッサージ椅子などが雑然と置かれ、そこに僕の居場所はなかった。残していったものといえば少しの本とレコード、そして古ぼけたステレオにはジョン・デンバーの『さらば、アンドロメダ』というシングル盤が入ったままになっていた。

僕はサッシ窓を開けて遠く何の特徴もない山を見つめ、気が遠くなった。

〃期末試験の前夜
静まり返った夜の街を
深夜放送流れてる
カリフォルニアの青い空
やさしく歌うのはアルバート・ハモンド
あの頃の僕といえば

どしゃ降りの雨のように
恋をなくしてた

一夜漬けの前夜
あいつが決って午前2時
待ち合わせたみたいに
誘いに来るミスタードーナツ
薄いコーヒー運ぶのはショートスカート・ウエイトレス
あの頃の僕といえば
どしゃ降りの雨のように
恋をなくしてた♬〟

この部屋でそんな歌を作ったことを思い出し、口ずさんでみた。
あの頃——臆面もなく〝青春〟と呼んでいたあの頃。何も大きなことが起らないことに苛《いら》立《だ》ち、いつも誰かが僕を見守ってくれてると信じてた。誰かが決めたルールの中で同じ場所をグルグル回ってた。

こんな夜は池山にでも電話して、〝俺らって、やっぱり情けないよな〟と、言って酒が飲みたかった。変らないことに何の疑問も抱かずにいれば、僕はこの街に今もずっと居たに違いない。後悔、それはもう後戻り出来ないことを意味した。

翌日、僕は思いきって東京に戻ることにした。もう決して振り返りはしない。オカンは玄関先で「いつでもあんたの味方やさかいな」と、言った。

もう一度、やり直そう。もう一度、真面目に浪人生活を送るんだ。僕はそう決意して畦道を後にした。


美大の受験票が遂に届いた。

僕は京都から逃げるようにして帰ってきて二、三日、いろんなことを頭に巡らせながらデッサンを続けていた。形にこだわることなく、あくまで光と影で構成された物体として石膏像を見るんだ——そう心に思いながら。

翌日、ポストに僕宛てのハガキが入っていた。初めて手に取ったハガキの縁がギザギザになってるエアメイルだ。それは美奈がパリから出したもの。誰よりも先に僕が受け取って良かった。

〝じゅん、元気? 今、私はマドリードにいます。連日、ママの買い物につき合されてうんざり……早く、じゅんに会いたいな〟

マドリードって、パリなのか？　よく分からない。辞書を引いてみるとスペインじゃないか。全くどんな街なのか想像がつかないけど、絵ハガキの写真はエッフェル塔。この夜景のどこかに美奈が写ってるんじゃないかと思うとまたも僕をセンチメンタルにさせた。


おばさんから「ちょっといいかしら？」と、居間に呼び出されたのは翌日の夕方だった。

「もうすぐ受験ですね」

と、コタツに座った僕にお茶を差し出した。

「どうなの？　今年はうまくいきそうなの」

何だかホームドラマに出てくるような会話にどう答えていいか戸惑った。

薄暗い居間の中央におばさんと僕が座ってる。こんなこと初めてだ。目の前は仏壇、その上に知らない人の遺影が額に入って三つ並んでる。僕はたくさんの目に見つめられながらお茶を飲んだ。

柱の古い掛け時計が〝カチカチ〟と、鳴っている。僕はこれが決していい話し合いではないことは察知した。

「京都の御両親も心配されてることでしょうよ」

その東京弁の言い回しが僕の胸に冷たく刺さる。

「それでね、これは前からのお約束なんだけどね――」

おばさんはとうとう切り出した。

「はい」

僕は座り直した。

「親戚なんだからね、私はずっと部屋をお貸ししていてもいいと思うんだけどね、それは初めっからのお約束でもあるし、あなたもね今後、大学に通われてね、不都合なこともあるでしょう、何せ年寄り夫婦の住む家ですからね」

その〝お約束〟はいつ、誰と交したものなのか？ その〝お約束〟とは何なのか？ 僕はたまに「はい」とか、「はいはい」とか口を挟みながら不安な話に耳を傾けた。

「今すぐにって、ことではないわよ、三月いっぱいまではね、お約束通り親戚として面倒を見させてもらいますから」

僕はまたあの夜のことを思った。我慢の限界が三月いっぱいだってことに違いない。

背中に冷たい汗が流れている。

「ね、きっと今年は受かるでしょうよ、あんなにね、がんばってるんだから」

その言葉は嫌味に聞えた。あんなにがんばっていたのはセックスの方だもん。

僕はおばさんに「すいませんでした」と頭を下げ、部屋に戻った。

と、いうことは三月以降の住む家をどうにか見つけるしかないということだ。その家賃や引っ越し代のことでまたも親に相談しなくちゃならない。当然、親はこの家から追い出された理由を聞いてくるだろう。

考えていくとどんどん頭が痛くなった。本当に「初めっからのお約束」なんてあったのだろうか？

〝身から出た錆《さび》〟、そんな言葉が頭の中でグルグル回る。まわりのことを考えず、自分の立場も顧みず、目の前にあるボンノウにただ流されて、困った時は誰かが助けてくれるもんだと軽く思ってた。

「純ちゃん、電話よ」

おばさんがまた僕の名を呼んだ。きっとそれは美奈からに違いない。もういいか、どうせ追い出されるんだから。

「あ、どーも」

気まずかったけどまた居間に行って受話器を取った。

「もしもし」

「じゅん！　帰ってきたよ！」

「あっそー」

「どうしたの？」

「いや、どうもしてませんよ」

「大丈夫なの？」

「はいはい」

「今、空港に着いたとこ。ねぇ、これから行っていい？」

僕の不安な生活と美奈の日常はどこにも接点がない。共通の話題もないし共通の友達もいない。でも、僕は会いたくなる。美奈の体に会いたくなるんだ。会ってセックスすればその間だけ、不安を忘れることが出来るからだ。

流石にこの家で会うのはマズイと思ったので、西荻窪駅で待ち合せることにした。成田空港からここまでどれくらいかかるのか、僕には見当がつかなかった。「二時間くらいかかるかも」という美奈の言葉だけを頼りに僕は駅前で待つことにした。美奈はタクシーに乗って現れた。僕はうれしくて人目も気にせず駅前で抱きついた。小さな喫茶店に入って美奈は、「いろいろ、話したいことあるけど先ずは、じゅん、ちょっと早いけどコレ、誕生日プレゼント」と、カバンから小さな封筒を取り出し僕に渡した。

美奈が僕の誕生日を覚えてくれていたことにも驚いたが、もっと驚いたのはその封筒の中身。何と、ボブ・ディランのコンサートチケットが入ってた。

「えー!? 何！ スゴイやん！ どうして？ どうして!?」

僕はうれしくて、うれしくて声が上ずった。

「だって、じゅん見たいんでしょ？ デュラン。パリに行く前にパパに頼んで取ってもらってたのよ。けっこういい席だと思うよ」

デュランじゃない。ディラン。美奈の発音は違ってたが、今はそんなことどうでもいい。美奈が初めて僕の好きなものに興味を持ってくれたことがうれしかった。

「二枚あるから、私もいっしょに見に行くね」

「ああ、いっしょに行こ。すごくカッコええんやで」

当然僕もディランのライブを肉眼で見るのは初めてだ。

あの横浜のホテルで飲み慣れないシャンパンを飲んだ時のように、僕のディラン話はまたも止らなくなった。

「私、全然知らないから」

「今度、レコード貸すから聞いてみてや」

その時、僕はそのチケットに書かれた日付を見て愕然とした。

童貞喪失した翌朝、青山通りでディランの大きな看板を見た時も同じことを思った、〝見に行ってる場合かよ！〟って。

何と、その日は受験の一日前だったんだ。〝どんな気がする？〟

「楽しみね、デュラン」

その夜、初めて新宿のラブホテルに入った。

〝サクラ　チル〟

合格発表から一週間後——

乾一家は暗いあの居間に大集合していた。

メンバーはスーツ姿の親父と、花園のようなブラウスを着たオカン、そして背中半ばまで伸びた長髪の僕。

取り囲むようにして全視線が和服姿のおばさんに注がれていた。

「本当、おばさんとおじさんには大変、御迷惑をおかけしまして、何と御礼を申し上げたらいいやら——」

親父はそう言って目の前のお茶を少し飲んだ。

「おばさんもお変りなくお元気そうで、京都はまだ寒い日が続きますけど、東京は暖かいですねぇー、おじさんは今日は？」

オカンの会話は息子がまたもや受験に失敗したことなど微塵《みじん》も感じさせない極フツーなもので、笑顔を絶やすことはなかった。

「あぁ、ちょっと体調を崩しましてね、先々月から入院しているんですよ」

「まぁ、大変、お悪いんですか？」

僕は初めて知った事実に驚いた。

「いや何、大したことはないんですけどね」

おばさんはそう言って、僕をチラッと見た気がした。背筋を冷たい汗が滑り落ちる。

「御差支えないようでしたら御病院を御教え願えませんか？　せめて御見舞にでも――」

親父は舌を噛《か》むほど〝御〟を強調した。

「いえいえ、それには及びません、来月早々退院が決っておりますので」

来月早々ということは、僕と入れ替えに戻ってくるということだ。

「ま、以前から腰痛がひどかったもので」

誰も病名までは聞いてなかったが、おばさんはわざわざ付け加えた。

あの夜の出来事についてこの老夫婦間で一体、どんな会話が交されたのだろうか？　〝ドアを開けるとやってた〟なんて上品なおじさんの口から出るとは思えない。第一、この家に居候させてもらってから一度もこの老夫婦が会話しているところを見たことがない。年寄りだからといっても、双方にはかなりの歳の開きがあったのかも知れない。

「で、ね。こちらに来られた時からのお約束なんですけどね——」

おばさんが切り出すと、親父は、

「本当、おばさんとおじさんには大変、御迷惑をおかけしまして、何と御礼を申し上げたらいいやら——」

と、同じセリフをくり返した。

「純ちゃんもね、慣れない生活で大変だったと思いますよ、何せ老夫婦なもので何のお役に立つことも出来なくてねぇー、今思えば本当、かわいそうなことをしたと反省しているんですよ」

「何をおっしゃいますか、もうおばさん、純もね、おばさんとおじさんには大変、感謝しておりましてね——」

僕はその間、一言も口を挟んでいない。軽く頭を下げたり、歌い終った演歌歌手のように声には出さず〝どうもありがとうございました〟と口だけを動かしてる。

「で、ね」

おばさんは言った。

「この家も古いもんですからね、改築しようって話になりましてね、まぁ、こちらに来られた時のお約束でもありましたしね」

何度もおばさんはお約束を強調した。

「いやぁー、御リッパなお家ですからねぇ」

オカンがまた振り出しに戻るようなことを言った。

「で、ね。来月頭までというお約束でしたけど、次の住居が決るまではね、居て頂いてもこちらは結構なんでね」

おばさんはそう言うと、ゆったりと急須にお湯を注ぎ、メンバーのお茶を注ぎ足した。

「本当に、どうも何から何までありがとうございます。何せ初めての体験でしたもんで、純の方も大変、助かりました」

親父はずっと僕がこの場にいない設定で話をしてる。

「京都の方はいかがです？　桜の頃にまた一度行ってみたいとは思っているのですがね、歳を取りますとねぇー腰が重くていけませんね」

言い終っておばさんはちっともおもしろくないのに〝オホホホ〟と、カン高い声で笑った。

「何をおっしゃいますか、おばさんはいつ見てもお若いですから」

オカンも笑うところじゃないのに〝オホホホ〟と、カン高い笑い声を響かせた。

当事者は僕なのに、結局、最後まで一言も声を出さなかった。こんな風に僕にはいつも立場がなかった。

翌朝、新宿のホテルに泊った両親を迎えに行った。これからアパート周旋屋を回る。

「東京はやっぱ物価が違うんやなぁー、京都やったらこんな家賃払《はろ》たら一軒家が借りられるがな」

慣れない東京に両親は戸惑っていた。

僕はまだ両親に会ってから、一度も謝っていないことが気がかりだった。

アパートを三軒見て回って新宿に戻ってきた時、高層ビルの向うに夕陽が沈んだ。高野フルーツパーラーの隣、中村屋の二階で食事を摂った。

親父は席に着くなり「カレーみたいなもんでええ」と、言った。

「私は最後に行った街は好きやけどな」

オカンは〝高円寺の物件〟のことを言いながらオムライスを頼んだ。

「高円寺やろ、あそこは僕も気に入ったけどなぁー」

言ってから〝そんなこと言えた立場かよ！〟と、思った。

〝高円寺〟は、フォーク好きには憧れの聖地であった。そこはかつて吉田拓郎が住んでた街として有名だった。『高円寺』という曲まである。

〝君は何処に住んでいたのですか？
　高円寺じゃないよね
　だって毎日電車に乗っても違う女の子に
　目移りばか～り♬〟

僕はまだフォーク・シンガーになる夢も諦めていなかった。

武道館でのディランのコンサートの帰り、興奮醒めやらず美奈に言った。

「合格したら結婚しよか」

美奈はその言葉に驚かなかった。

僕はもう一度、今度は後ろから美奈を抱き締めて、

「な、結婚しよ」

と、力強く言った。

「バカね……」

と、美奈は僕の腕からすり抜けて言った。

「バカと違うよ」

僕がムキになって返すと、

「じゅんはバカよ、だってじゅんが卒業する頃には私、お婆ちゃんになってるのよ」

と、言った。

「何、言うてんねん、何でお婆さんになってんねん」

美奈は化粧を直し始めた。

「もう帰りましょ、明日あるでしょ」

〝美奈にはひょっとして僕以外に好きな男がいるのかも知れない〟、そんな不安が大きく心の中に広がった。

〝どんな気がする？〟

ディランは何度も僕に問いかけてきた、気がした。

〝どんな気がする？　明日は受験だというのに――〟

第七章

サムディ・ベイビー

オカンの注文したオムライスが先に来た。

「先、食べろ」

親父がぶっきらぼうに言った。

明日、朝一の新幹線で京都に戻る親父と、あと一日僕とアパート探しをしてくれることになっているオカン。

「ほな、純、明日の朝、迎えに来てや」

「あぁ、分ったって」

「私、早いこと目が醒めるさかい、頼むで」

「分ってるって」

僕はずっと言い残してることが気になって親父の顔をチラッと見た。「子供のことで親が出てくるのは当然や」、何度かそんな言葉を聞いたことがある。〃どんな時でもおまえの味方だ〃と、決して口には出さないまでもそんな親父の思いを今回は痛感した。

「……ごめんな……」

僕はホテルの前で両親に頭を下げた。

「もう一年、お願いします」

シドロモドロになって言った。

親父は初めて薄笑いを浮かべ、

「しゃーないやろ、一人息子やさかい」

と、言い残して、フロントに続くエスカレーターに乗った。

「あんまり何も言わはらへんけど、あんたのことだけ心配したはるんやから、な」

オカンもそう言って親父の後を追った。


「純は優しい子なんやから」

オカンは高円寺のアパートの契約を済ませた後、長く続く商店街にある『七つ森』というフォーク気分溢れる喫茶店でミルクティーを飲みながらそう言った。

僕はそうでもないことも伝えたかった。

「みんながあんたのこと応援してくれはるのも、あんたが優しい子やさかいやで」

「優しくなんかないって」

僕はオカンを困らせようと言ったんじゃない。もう後ろめたくて堪らなかったんだ。

「精一杯やったんやから結果はしゃーない。来年またがんばればええんやから」

だから、精一杯やってたのはセックスだからこんな結果になったんだ。

「でも感謝せなアカンよ、あんたは一人で生きてるんやないからな」

何だかしんみりして、僕は下を向いた。

「ところでどうなんえ？　美奈さんの方は」

オカンは話を突然、切り替えた。

帰省をした時、調子に乗ってベラベラ喋ったことを、今は後悔している。

「どうって？」

僕は聞き返した。

「あんたは今、その子が原因で大学落ちたと思ってるかも知れんけど、それは違うで」

心の中まで見抜かれていた。

「相手に責任を押し付けてるようでは一人前の男に成れへんで」

「そ…そんなことは分ってる！」

痛いところを突かれた時、ムキになる性格は今も直っていない。

「おばさんもおじさんも、お父さんもな、言わはらへんだけで何だって分ってるんやで。でもな、あんたが優しい子やさかい許してはることだけは分っときや」

「オレのことなんか、誰にも分らへんって！　分って堪るか！」

さらにムキになった。

「まぁ、あんたに今言うても分らへんかも知れんけどな、これはあんたが決めた人生なんやから、あんたがどうにかするしかないんやで」

そう言ってオカンは、ミルクティーを飲んだ。

甘やかされていたなんて一度も思ったことがないのは、人生に対し何も疑問を持たないよう育ててくれた親のお陰だ。正しいことはいつだってここにあるんだと、安心させてくれた親の愛だ。

本当は僕が何だって出来るわけではなく、僕のためなら何だってしてくれる親を当然のように思ってただけなんだ。そして今も、それを期待して甘えてるんだ。

「本当は、これから美奈さんに会って、ご飯でもいっしょにしたいところなんやけど、お父さんのことも心配やし、帰るわ」

オカンはそう言って席を立った。

「今度、来た時はあんたの城に泊めてや」

〃あんたの城〃とは、今日契約した四畳半・共同便所・風呂なしのアパートのことだ。

僕はもっとオカンにいろんな話をして甘えたかった。〃ありがとう〃もうこれからは一人でしっかり生きていくから。

〃暗い部屋に灯りがともる　もう陽が沈む

日曜日は切なく幕を閉じて
淋しく夜のベールが包み
ああ僕は今、一人♬〃

引っ越しが終った翌日、午後から電話の取り付け工事の人が来た。僕は生れて初めて自分専用の電話を持つことになった。

大きい荷物といえば石膏像と、おばさん宅からもらった古ぼけた机と椅子。ギターや画材道具や蒲団は押し入れに仕舞い、僕は畳に寝転んで〃あんたの城〃を満喫した。

小さなサッシ窓から見える景色は、隣接したビルのざらついた壁。

時折、〃カンカンカン〃と、鉄の階段を昇り降りする音が響く。見知らぬ住人に僕はビクビクしていた。

ここは高円寺といっても駅前からバスで三停留所も行かなきゃならない場所。最寄駅は地下鉄・丸ノ内線の新高円寺。商店街の賑わいもなく、ただ民家が押し黙ったように建っている。西荻窪の家と環境は似ているのだが、路地を曲ると大きい墓地がありとても陰気だ。

それでも美大に合格してさえいれば、ここはパラダイスに見えたのだろう。浪人生というのはあってないような肩書きだ。さらに二浪目というマイナスな進級も加わって、存在理由がどんどんなくなってきている。

「美奈に会いたい……」

こんな気持ちの日は美奈の体にずっぽり身を隠したくなるんだ。

御茶ノ水の美術予備校は、四月から新たに始まる講義の申し込みでごった返していた。

こんなことならもう少し前に来れば良かった。

「こっちこっち！」

「来年はデザイン科志望がすげー多いらしいよ」

「倍率、三十倍以上になるってよ、オレ絶対ムリ！」

「やっぱ専門学校にするかなぁー」

ダッフルコートの下から制服が覗いてる現役生たちが申し込みを終えて予備校から出てくる。受験までまだ一年近くあるし、挫折感なんて一度も味わったことがないんだろ。まるでクラブ活動の延長のように和気あいあいだ。

僕はまた取り残された気持ちでいっぱいになった。

美大生であればカッコもつくんだろうが、高円寺駅前で買ったインド服を着て、ここに立ち尽くしている僕は一体、何者なんだ？

京都の美術研究所時代のジョンさんを思い出した。

だんだん僕はジョンさんのことを他人事《ひとごと》だと思えなくなってきた。

「結婚しよ」

調子に乗って言ったセリフが虚しく僕の心に響いてる。

でも、夕方になり街の明かりが灯る頃、無性に淋しくなって僕はまた、美奈が今どこにいて、何をしてるのかって、それればかり思ってしまう。そして、〝あんたの城〟の電話がいつ鳴るのか、そのことばかりが気になって何にも手がつけられなくなるんだ。

いや、今日からはもう一度、やり直し。今度こそ真面目に受験勉強に励むんだ。それしか今の僕には道が残ってないんだ。

受け付け前のコンクリート壁には白い模造紙が貼り巡らされ、本年度の芸大・美大合格者の名前が列記してあった。

もちろん僕の名前はない。でも、何かの間違いで載ってないかなと一応目を通してみる。ないものはない。

本年度の申し込みを済ませ予備校の画材屋でデッサン用紙を大量に買い込んだ。

そしてアパートでも石膏デッサン。自然光は入ってこないので、昼間から裸電球をつけて何枚も何枚も描いた。

苦手だった英語も森一郎先生の『試験にでる英単語』、コレ一冊をマル暗記することに決めた。何事もセンチメンタルに逃げ込まないため。

美奈から電話があった。不合格を伝えてから随分会ってない気がする。

「ちょっと相談したいことがあるから」

と、声のトーンはやたら低かった。

電話口の近くに親がいるのかもと思ったが、

「今からそっちに行っていい？」

と、さらに暗いトーンで続けた。時計を見ると十一時を回ってる。

初めてここに泊ってくつもりなんだ……と、一瞬うれしかったけれど何だか悪い予感がした。

美奈は深夜、酔っぱらってやって来た。

僕は「おう」とか、言ってデッサンをやめて立ち上ったように振舞ったが、実は電話があってから、何にも手がつけられなくなって時計ばかり気にして待っていた。

「じゅんの説明分んなくて、タクシーで迷っちゃったよ」

やっと誰にも気兼ねせずに来れる〝あんたの城〟が出来たというのに、美奈は大して関心がないようだった。

玄関とは名ばかりの靴や傘が散乱している狭いスペースで窮屈そうにブーツを脱いで、

「ねぇ、この部屋、狭くない？」

と、言った。

「どっかで飲んできたろ？」

黒い毛皮のコートの上から抱き締めると、酒とタバコのニオイがした。

「渋谷でミーコと、ちょっとだけね」

〝ミーコ〟なんて僕は知らなかった。

僕はその相手が男じゃないかと疑った。

「何で早く来なかったんだよ！　ずっと待ってたんだぞ」

僕はちょっとスネた口調で言った。

「ねえ、嫉妬してんの？」

美奈は酒臭い息と共にそう言って、軽く笑った。

「この部屋、暑過ぎない？」

僕は腹が立ったが我慢した。

何も言わず裸電球のスイッチを切ろうとした時、美奈は、

「ダメ！　ダメ！　今夜は相談しなきゃなんないことがあるんだからダメって！」

と、言った。でも僕は強引に美奈を敷きっ放しの蒲団の上に押し倒した。

「ま…真面目に聞いてよ！　ダメだって！」

酔っぱらった時の美奈はいつもより数段、感度がいいことを知っている。無理矢理コートを脱がし、白いタートルネックのセーターの下から手を伸ばし、ブラジャーの隙間から小振りなオッパイに触れた瞬間、美奈は僕の背中に手を回してきた。

そして、腰を浮かし破れることを心配してか自らストッキングを上手に脱いだ。

僕も素早くジーパンを脱ぎ、蒲団の奥に蹴り飛ばした。

「もう……ダメだって……」

僕の激しい行為に美奈の体は大波に呑まれた小船のように揺れ、アパートも同時に揺れた。乱れた髪、目の上の黒いアイラインはほとんど流れてしまい、まるで少女のような顔をした美奈が放心状態で倒れてる。二人とも体がベタベタだ。銭湯もこの時間じゃやってない。

そう思うと、憂鬱な気持ちになった。

「ねぇ、今日もつけなかったでしょ？」

「………」

美奈の言う通りコンドームはつけずにした。もう在庫が切れてたんだ。だからといって、ここから歩いて十分近くはかかる薬屋の自販機まで買いに行くのは面倒だった。

「つけなきゃ、もうしないよ」

さっきまであんなに感じてたくせに。

「分ったって、今度は必ずつけるさかい……」

僕は子供のように返事した。

「で、ね……」

石油ストーブの様子が変だ。ボソボソいって、どうやら消えかけている様子。

「ずっと、来ないのよ」

「へ？　来ないって……」

僕はそれが何となく生理のことだと分ったが、実感が湧かなかった。

「もう、三ヶ月、遅れてるの」

一体、何ヶ月ぐらい遅れてるとヤバイのか、それすらよく分らなかったけれど、だんだん頭が真っ白になってきた。

「じゅんに相談しても仕方ないことは分ってたけど、やっぱり不安じゃない？」

僕に相談しても仕方ないことが多過ぎる。

「私ね、じゅんのこと好きよ」

美奈は僕の顔を見つめて言った。

「そりゃ、オレも、いや、オレの方が好きに決ってるって！」

僕は努めて明るく言った。

「じゅんには迷惑かけないつもりだから大丈夫よ」

僕は何も言えなくなった。だって今の僕に出来ることは見透《みとお》しのつかない未来を出来る限り明るく語ることだけなんだ。

美奈の優しい言葉に甘えて、僕は黙ってた。

ストーブの火が完全に消えたみたいだ。

「近い内に病院に行って堕《おろ》してくるから、その間はしばらくエッチは出来ないからね」

改めて言われて僕は現実を知った。でも、ここで「産めよ」と、切り出す勇気も愛も持っていなかった。

「ご…ごめんな……本当……ごめんな……」

僕はまた謝ることで済まそうとしている。涙がこみ上げてきたが泣きたいのは美奈の方だと思って堪えた。

「でも大丈夫、こんなことになってもじゅんとの関係は変らないから」

部屋は真っ暗で、僕の心も真っ暗になった。

「私ね昔、一度堕したことあるのよ。だから心配ないから気にしないで」

僕はその言葉にイナズマが落ちたような衝撃を受けた。

「バーカ！　おめえはこの女をよく知らねぇーんだよ！　こいつはなー、男を取っ替え引っ替えの浮気女なんだよ！」

アイビーのセリフがまた頭の中で木霊した。

僕は美奈とつき合っていることで大人に成ったと勘違いしてた。童貞を捨てたからって、セックスを誉められたからって、美奈との距離は縮まるはずがない。僕の手に負える相手ではないんだ。

だんだんと部屋も体も冷えてきた。

「ねぇ、今日は泊っていけや」

「だってもう朝じゃない」

時計を見ると五時を回っていた。

そんな軽い気持ちで言っていいのか、こんな場合、僕にはよく分からなかったけど、

「なぁ、もう一度、抱いてええ？」

と、精一杯の優しい笑顔を作って言ってみた。すると、美奈は呆れた顔をして、

「当分、お預けだからね、もう一回だけよ」

と、微笑んだ。

こんなことしか僕には出来ないんだ。

僕が父親になる可能性があること。僕のちょっとした怠慢が引き起したとんでもない結果。その〝責任〟ってやつの中で深く悩もうとするのだが、今の僕にはまだ実感が伴わなかった。ひどい奴だと思われたくない。美奈にとっては優しい男でいたいだけ。ただそれだけ。こんな悲劇はテレビドラマや映画の中でしか見たことがない。

産婦人科の待ち合い室に暗い顔をした美奈が一人で座ってるなんて全くリアリティがない。

「乾君だっけ？」

「は……い」

背後から突然声をかけられ、美術予備校の教室でぼんやりと白い石膏像を見つめていた僕は我に返った。

「全然、手が動いてないし、形ばかりに捕われてるよ」

「は……い」

「君は二浪だったよね？　これじゃ来年も危ないな、もっと気合い入れろよ、気合いを」

肘当ての付いたコーデュロイの上着を着た髭面の美術講師が言った。

「ちょっとどいてみ」

言われるままに椅子から立ち上ると、

「こうだろ、ここはな、こう」

と、僕のデッサン紙に深く鉛筆を突き立てた。

「分るだろ？　な、こうだろ、ここはこう」

「はい……」

「で、ここはこうだろ？　こう」

僕の描いた線がほとんど見えなくなるまで髭面は汚していった。

僕はもうやる気が全くしなくなった。

「ここはこうだろ？　な、こう、こう」

「はあ……」

「ここは、こう、こう」

僕の焦点はボケ始め、ただ空《くう》を見つめてた——

アパートで一人、真っ黒に塗り潰されたデッサンを見つめてると、気が滅入った。

〝僕は本当に絵を描くことなんて好きなんだろうか？〟と、何度も何度も問い詰めてみるのだが、答えは出ない。たとえ答えが出たところで何になる。そんなことより僕に未来はあるのか？　変らないって美奈は言ったけど二人の関係はどうなってしまうんだろう？

そんな時、電話のベルが鳴り、慌てて受話器を上げるとオカンだった。

「どうや？」

って、いつも聞いてくるけど、今回もどう答えていいか分らない。

「この間な、山根君のお母さんと喋っとったらな、知ってるやろ？　山根君」

何の話なんだ？　久しぶりに聞いた小学生時代のクラスメイトの名前。

「あんた、ちゃんと聞いてるんか？　知ってるやろ？」

「小学校以来、会うてへんけど」

と、僕が答えると、

「山根君のお母さんの知り合いにな、多摩美の油絵科の先生がいはってな、週に一回、知り合いの受験生だけ集めて絵を教えたはるらしいんやわ、もし良かったら口利いてあげよかって、言うたはるんやけど、どうする？」

僕は美大の名前を聞いて真顔になった。

「なあ、その先生、美大に入れてくれはるんやろか？」

「そんなん分らへんけどコネはつくのと違う？」

僕はもう油絵科でもいいと思った。

「頼む、頼む」

電話口で何度も言った。

「ま、どうなるか分らへんけど今度、山根君のお母さんに聞いとくさかい」

「頼む、頼む」

「あんたはいつも人任せやなぁ。しっかりせなあかんで。あっちの方もほどほどにせなあかんよ。分ってるんか？」

「あっちの方」とは、きっと美奈のことを言ってるんだろう。

〝実は彼女が妊娠しよったかも知れんねん〟なんて、口が裂けても言えない。

「じゃ、先生の話、進んだらまた電話するさかい、その時は私も挨拶せなあかんやろし東京の方へ出向くさかい、な」

何から何まで親任せな自分が嫌になった。

美奈はあれから二日後の夜、電話をかけてきた。

また酔っぱらってる。

「ミーコと代っちゃっていい……」

一体、ミーコって誰なんだ？

「じゅうーん？　じゅんなのぉー」

この女もひどく酔っていた。

「は……い、そうですけど……」

僕は嫌々、返事した。

「み…美奈は、じゅうーんのことが誰よりも好きだって言ってるよおー、聞いてるぅ？　じゅん」

だから酔っぱらいは嫌いだ。

「でねぇー、美奈は本当はねぇーじゅんの子供が産みたかったのよおー、分るぅ？　じゅん」

僕は絶句し、目の前が真っ暗になった。

「でもさぁー、じゅんの子供であるって確証はどこにもないわけでさぁー」

そんなことを言ってバカ笑いした。

「もう！　ミーコ、いい加減にしなさいよっ！　じゅん？　じゅん、聞いてるぅ？」

美奈は受話器を奪い取り、

「ゴメン、ゴメン、じゅん、今のミーコの話は冗談だからね」

と、美奈は冷静な声で言った。そして、

「来たのよ、来たの」

と、うれしそうに言った。

「え!?　来たって？　何が？　せ…生理？　本当？　本当？」

僕は何度も聞き直した。

「でもさ、じゅんの子は産みたかったんだよ」

美奈はそう言って電話口で軽く笑った。

電話口の向うではまだミーコのバカ笑いが聞えてる。

僕はその時、ハッキリ思ったんだ。こんなことを続けてちゃいけないって。

僕は敷きっ放しの蒲団の上に裸で転がりながら机の上の目醒まし時計に目をやった。たぶんオカンを乗せた新幹線は、東京駅に着く頃だ。

もちろんクーラーなどないこの部屋は蒸し風呂のような暑さで、小さな窓からは恵みの風すら吹き込んでこない。

美奈は昨夜、教授のお別れコンパとかの帰りに酔っぱらったままやって来た。

「そこまで友達に送ってもらったんだけど、何でそんな所に用事があんの？　って何度も聞かれちゃった」

青山に住むお嬢さんが高円寺の、しかも墓場の裏にあるビンボーアパートに用があるはずがない。

「いろいろ聞かれんの面倒臭かったから青梅街道で落してもらっちゃった」

やっぱ僕の生活と美奈の日常には差があり過ぎる。その溝はいつまで経っても埋められそうにない。

「何か踊れる曲ないの?」

ディスコの余韻が続いている様子で美奈はワインレッドのドレスを着てヘラヘラ笑いながら、蒲団の上をクルクル回った。

「ねぇー、じゅんてばぁー、アースとかないの、かけてよアース」

アースというのは蚊取りじゃなく、アース・ウィンド&ファイアーのことだ。名前ぐらいは知ってるけどレコードは一枚も持ってない。それにターンテーブルの上にはアースとは真逆なボブ・ディランのレコードが載ったまま。

美奈が陽気でいることはうれしかったが、もうすでに深夜の二時を回っていて、そろそろ隣の部屋のホステスが帰宅する時間だ。

今まで何度もあったことだが、隣の部屋とはベニア板一枚の薄い壁。少しでも大きな音や声を出すと〝ドーン！〟と、壁を叩かれる。

「ねぇー、じゅんてばぁー、美奈のこと好き？」

「声がデカイよ……」

口封じのために無理矢理キスをすると、酒臭い息が返ってきた。

「ねぇーてばぁー、美奈はじゅんのお嫁さんに成れんのぉー」

ふだんは決して口にしないセリフだ。

「ねぇー、これからディスコ行かない？　じゅんと二人でディスコに行ったことないもん」

泳げない・踊れない・運転出来ない三重苦の僕を美奈は困らせる。とても後ろめたい。抱き締めたまま、仕方なく敷きっ放しの蒲団に倒れ込む。こうすることでやっと僕は彼女との格差を感じなくて済むんだ。

「ドレスがシワになるから、ドレスが……」

静止の言葉は聞かず、僕は美奈の下着を脱がした。

「もうー、やめてよぉー！」

その時、隣の部屋から一発目の〝ドーン〟。〝やっぱり帰ってたんだ……〟慌てて手元の枕を美奈の口に宛った。

「やめてってばあー」

〝ドン！〟

「もーう」

〝ドン！　ドン！〟

「いやぁ――ん」

〝ドォ――――ン!!〟

と、まるで花火大会のような賑わいだ。そしてけたたましく廊下を走る音がしたかと思うと、

〝ド――ン！　ド――ン！　ドンドンド――ン!!〟

と、今度は僕の部屋のドアを激しく叩いた。

錠は壊れているので、いつドアを開けてホステスが怒鳴り込んでくるか分らない。

しばらく息を殺し静かにしていると、サンダルをペタペタ鳴らしながら自分の部屋に戻っていくのが分った。

僕は少しホッとして美奈の顔を見た。

気楽なものでもうスースー寝息をたてて眠ってた。

オカンがやって来る理由は、例の多摩美の先生の件。山根のお母さんの知り合いだという

その先生に頼って、どうにか息子を美大に入れたいという親心である。

僕ももう自分の力を信じることが出来ず、〝裏口でもええから入れてくれへんかなぁーその先生〟と思った。

「こんなもんは先ず挨拶が肝心やさかい、私が出てゆくしかないやろ」

と、オカンは言った。

僕は今まで一人で何もやったことがない。結局、セックスだって美奈に教えてもらったようなもの。

「東京駅に着いたら、あんたんとこに電話するさかいにー」

その電話のベルが、いつ鳴り響くかドキドキしてたが、遂にかかってきた。

「あー、もう着いたん？　あぁ、分った。たぶんそこから中央線に乗ると20分くらいやさかい、そのくらいに改札で待ってるさかい」

電話を切った後、改めて乱れた生活を見渡した。美奈も裸でまだ蒲団の上に寝たままだ。

「起きろや、なぁー」

やっと美奈は目を醒ました。

「私、酔ってたでしょ昨夜、ごめんね。ほとんど覚えてないよ。今何時？」

昼の三時だと告げると、

「えーっ！　マズイよ、もう帰んなくちゃ、どうしよう。家に電話も入れてないしー」

美奈は自分のことで精一杯の様子で慌てて化粧を始めた。

「こんなクシャクシャのドレスのまま、帰れないよ。どうしよう」

どうしようって言われても、僕のＴシャツとジーパンを貸すわけにはいかないだろう。

「ねぇー昨夜、私、何か変なこと言ってない？」

美奈は振り向き聞いた。

「なんも言ってへんよ、変なことなんか」

「ホント？　じゃ、良かった」

美奈は本当に覚えてないのだろうか？

「ねぇー、ドレスのファスナー上げてくれる」

大人の女の背中が見えた。

「じゃ、またね」

と、だけ言って美奈は慌てて部屋を出ていった。

鉄の階段を、ヒールの音が去ってゆくのが聞える。

僕は狭い窓から思いっきり顔を出して、手を振ったが美奈は気づかなかった。

この街に似つかわしくないワインレッドのシンデレラが墓地の脇道に消えてゆく。

万年床の蒲団を押し入れに押し込み、部屋を少し片付けた。それからイーゼルを立て、さも今までデッサンをしてた風に装った。

そして僕はオカンを迎えにアパートを出た。

改札に続く階段を一際目立って降りてきたのは和服姿のオカン。

「どないしたん？　その服」

僕が驚いて聞くと、

「あんたもちょっとはマシなカッコせなアカンで」

と、言った。

「マシなカッコって？」

明日の挨拶のことだと分ったが、

「そんなもんフダン着でええやろ」

と、反発した。

「あんた、来年入れるか入れへんかは明日の挨拶にかかってるんやで。分ってるんかいな？」

と、諭されると何も言い返せなくなった。

まだ美奈の香りが少し残っているアパートの部屋に入るなりオカンは、

「菓子折を持ってきたんやけど隣の人は今いはるか？」

と、言った。

昨夜の出来事を思い出して僕はゾッとした。

「いや、今はいやらへん、たぶん仕事行ったはるから、後で僕が渡しとくから大丈夫やから」

「そうかー、あんた一人で生きてると思たら大間違いやで、まわりの人にかわいがってもろてナンボの人生やさかいな」

オカンはそう言うと、先ほどまで美奈が寝てた場所に座り込んだ。

「今日はな、急やさかいホテルとか取ってないんであんたのとこ泊めてもらうさかいな、勉強のジャマはせんようにしてるから気にせんとやってや」

こんな狭い部屋にオカンと二人で寝るなんて初めてのこと。それに蒲団が一つしかないことがとても気がかりだ。

「お父さんも心配したはったけど、純には掃除とかちゃんと教えとかへんだから、私の責任なんやけどな結局、部屋が汚のうてもうどうしようもないんと違うかなぁーって言うたはったわ」

「ちゃんとキレイにしてるって」

飲みものを出そうと流しの前に立つと、

「あーあ」

と、いうオカンの大きなため息が聞えた。

恐る恐る振り返るとオカンは勝手に押し入れを開けて、雪崩《なだれ》落ちそうになる蒲団をじっと見ていた。

「いや、急いでたからな今日、無理矢理押し込んだんや、放っといてや」

オカンはすでに何かを嗅ぎ付けた様子で、

「もうここで二人の生活、始めてるんやな」

と、言った。

「二人の？　って、何やねんえっ、生活って何？」

僕は必死で惚けた。

「だから、ここで美奈さんと住んでるんか？　って、聞いてるんやがな」

いつもの優しいオカンと口調が違う。

「住んでなんかいーひんよ」

「前はおばさんの家やったからな、そんなことは出来ひんとは思とったけど、ここはなぁー失敗したなぁー」

「失敗って、何がや」

慌てて聞き返した。

「彼女が出来たことは構へん、そう思てたんや、あんたも一人で淋しいやろうからな、でもな、女といっしょに暮すためにここ借りたんと違うさかいな」

「住んでへんって！　ホンマ」

「私の考えが甘かったなぁ」

押し入れからは美奈が以前、持ってきた生理用品の袋が見えた。

僕は何も言えなくなった。

「あんたなぁー、もう一回、聞くわ、何のために東京出てきたんや？」

薄暗い部屋でオカンと僕は対峙《たいじ》した。

「ちゃんと答えや、何のためにあんたは東京に出てきたんや？」

僕が、

「美大受験に決ってるやんか」

と、言ったその瞬間、オカンは泣き出した——

気まずい状況のまま夜がやって来た。「おなか減ったわ、私」と、突然オカンが言ったの

で、

「ごめん、ごめんな……」

と、僕は何度も謝りながら近所の定食屋に連れ立った。

青梅街道沿いの〝天麩羅〟と、暖簾《のれん》にある店。オカンはその小汚い店内に戸惑っている様子だったが、注文を取りに来たオヤジを見て、「あんたと同じものでええわ」と言った。

「あんた、美奈さんとはどこまでいってるんや？　先方の御両親には会うたんか？」

またオカンの詮索が始まった。

「そんなもん会うてるわけないやろ」

「そうやったらええんやけどなぁー、美奈さんはあんたより歳上なんやろ、結婚なんか本気で考えたはったら大変やしなぁー」

結婚を真剣に考えてるのは僕の方だったけど、そんなこと今言えるはずがない。

「あんたはなぁー優しい子やさかいな、情に流されやすいんや、美奈さんの言いなりになってるのと違うか？」

母親としては当然、歳上の女に騙《だま》されていると思いたいわけだ。

そんな女じゃないって、ムキになって言い返したかったけど、イカ生姜《しょうが》焼き定食が二つ運ばれてきたので、僕とオカンは黙々と食べた。

「京都も暑いけど、東京も暑いなぁー」

オカンは今、いくつなんだろう？　オカンも若い頃、恋をして、何だか後ろめたい気持ちで親と過ごしたことがあったんだろうか？

外に出ると大きい満月がポカリと出ていた。美奈もどこかで、誰かと、この月を見ているかも知れない。そんなことを思うとまた無性に淋しくなった。

「よう見たらこの手摺《てすり》ボロボロやなぁー」

赤錆だらけのアパートの階段を指してオカンが言った。

「お風呂屋さんは遠いんか？」

「いや、十分もかからへんよ」

「いっしょに行こうや、明日は面談やさかい」

明日はそんなに大切な面談なんだろうか？　ひょっとして裏口から美大に入れてくれるのだろうか。オカンには決して言えないことだけど、今の実力では絶対に来年も受からない。

僕は湯舟に浸って考えた。

銭湯から帰ってくると、

「あんた、ちっともこの部屋、風が入らへんがな、団扇《うちわ》とかないんかいな」

シュミーズ姿でオカンが言った。

「そんなもんあるわけないやん、これ使えばどうや？」

僕の渡したクロッキー帳で扇《あお》ぎながら、

「あんた、この部屋は一人では淋しいなあ」

と、オカンは同情するように言った。

「でもなあー、今が辛抱のし時やで。分ってるか？」

彼女と受験の両立なんて出来るわけがないと、オカンは言っているわけだ。僕は何を思ったのか、立ち上り、カセットデッキにテープを入れて、

「オカン、これ聞かへん？」

と、言った。

〝奴らをあまりに　美化し過ぎたために
つけ上らせる原因となってしまった
まるでオイラが貧乏詩人みたいに
つまらん歌なんぞ書かされるハメ
愛はどこ吹く風

奴らをあまりに甘やかし過ぎたために
何も言えない男にならされちまった
怒りとやらもどこ吹く風で
ニヤけた虚しい笑顔を見せるハメ
愛はどこ吹く風
愛はどこ吹く風♬〟

高校時代、よく自宅の部屋で歌を作ってはカセットに録音してた。ギターを掻《か》き鳴らし、時にはシャウトしながら歌ってた。そんな時、オカンは突然入ってきては「聞かせてぇーな、あんたの歌」と言ってベッドに座ろうとした。

「もう、出ていってくれやぁー！　もう!!」

恥ずかしくなって怒鳴り散らしたもんだ。

「もう、出ていってくれやぁー！　もう!!」

と、必死で追い出そうとすると、オカンは、

「ええ曲やないの、今度ゆっくり聞かせてなあ」

と、笑って言ったもんだ。

結局、僕の反抗はそんなもので、決して社会や学校や、家庭に向けられたものではなかった。

でも、今晩はどうしたっていうんだ。あんなに照れ臭かったことなのに今は僕の気持ちを少しでも分ってもらおうと思っている。オカンはじっと目を閉じてテープを聞いていた。

そして、歌が終ると、

「あんたも辛いんやなぁー、よう分ったわ。でもこんな歌、作っとったらもっと淋しくなるやろ。どんなことがあってもあんたはな、大丈夫やさかい、私らが一生味方でいるさかい、がんばりや、がんばるんやで」

と、オカンは励ましてくれた。

「ありがとう……ありがとうな……」

オカン、あなたが一番、僕の理解者だ。

「泣かんでもええやないの」

オカンはそう言って優しく笑った。

それから二人で一つの蒲団を敷いて、背中合せになって寝た。

遠くで救急車のサイレンが聞える。

いつもに増して街は静かだった。

「あんたなぁー」

オカンが暗闇から小さな声を出した。

「明日、どうなるか分らへんけどなぁー、実はな、お金用意してきたんや」

「えーっ！」

僕は驚いた。

「お父さんとも相談したんやけど、その先生に受け取ってもらおうと思てるんやわ」

「ソレって、裏金やろ」

僕は恐る恐る聞いた。

「裏金になればええんやけどなぁー、何せ東京の相場なんて分らんもんやさかいな」

「そんな相場なんか、あるんかいな」

「何でも当って砕けろやで、な、純、私はもう寝るで」

オカンはそう言い終ると、すぐに〝スースー〟と、寝息をたてた。

〝当って砕けろか……〟

でも、それってこんな時に使う言葉か？

僕はその夜、なかなか寝つけなかった。

第八章

君の何かが

東京駅まで出て京浜東北線に乗り換えた。

初めて乗る電車だ。

和服姿のオカンと、わりとマシなカッコをした僕。まるで七五三だ。

車内は空いていたが僕はドア口に立って見知らぬ風景を覗いていた。

どれだけの人間が、どれほどの夢を抱いてこの街にやって来たのだろう。でも、ほとんどの夢は今日のどんより沈んだ曇り空のように重く垂れ下り、忘れ去られてしまうのだろう。

夢はあくまで夢。叶わないから夢なのだ。

オカンは朝、シュミーズ姿からまた和服に着替えた。その時、僕はしっかり締めた帯の中に百万円が入った白い封筒を仕舞い込んだのを見逃さなかった。

目的の駅は〝鶴見《つるみ》〟と、いうところらしい。ドア口の上の路線図を何度も見て確認した。

大きな橋を通過して、それから随分と駅を見送った。

鶴見の駅前は閑散としていて、特徴がなかった。

オカンと僕は、紙に描かれた地図を頼りにバス通りを横切り、小さな商店街を抜け、静かな住宅街に出た。

「ここら辺と違うかなぁー」

「何ちゅう家やねんな」

「川原さんとだけしか聞いてへんねん」

「電話も分らへんのかいな」

日曜日の昼間、その街は時が止ったようにのんびりしていた。

通りすがりの人に家を尋ねてみると、次の十字路の角だと教えられ、そこには古い洋館チックな屋敷が建っていた。

美奈の家にしても、東京には僕の想像を超えた人がたくさんいる。中流のサラリーマン家庭に育った僕は、ただただ戸惑うばかりだ。

オカンも門の前で、

「アンタ、大変な世界に飛び込んだもんやなぁー」

と、大きなため息をついた。そして、気合いを入れた顔つきでベルを鳴らした。

しばらくすると、庭の奥、ステンドグラスが塡《は》め込まれたドアが開き、

「どうぞ、お待ちしてましたよ」

と、パイプをくわえた中年の男性が現れた。

「あ、山根さんから御紹介頂きました乾と、申します」

と、オカンはカン高い声を出しすかさず頭を下げた。

「あぁ、どうもどうも遠路はるばる。びっくりされたでしょう田舎で。どうぞどうぞ、上って下さい」

僕は挨拶のタイミングを逃してしまった。

「ちょうど今、昼の部の学生が来てましてね。汚くしてますがどうぞアトリエの方に」

白髪まじりの頭を掻きながら〝画家〟は僕たちを先導し、黒光りする廊下を進んだ。手摺のついた洋風階段の向うに大きな油絵が掛けてある。暗いタッチの裸婦像。この画家の作品なのだろうか？　まるで江戸川乱歩の小説に出てきそうな室内だ。

アトリエは中庭に出た先にあった。画家がガラガラと古い木戸を開けると、プーンと油絵の具のニオイがした。

そこには数人の生徒がイーゼルを前に座ってた。彼らもまた裏口から美大に入れてもらおうと思ってる連中なのだろうか？

「ま、このように日曜だけの教室を開いておりまして、現役生がほとんどですけど中には浪人生もおります」

度の強い黒縁メガネをかけた生徒が、ニヤニヤ笑いながら軽く会釈をしたので、たぶん彼が〝浪人生〟の一人なのだろうと思った。

「どういたします？　今日は描いていかれますか？」

中央にブルータスの石膏像が一つ置いてある。僕は少人数に安心したが、その張り詰めた雰囲気に圧倒された。

「何ならデッサン用具はお貸ししますが？」

画家はそう言って、初めて視線を僕に向けた。

「いや、今日は……」

僕はオカンに実力がバレるのを恐れ、そう言った。

誰も僕たちに目をくれることなく黙々とデッサンを続けている。

それから暖炉のある応接間に通された僕はオカンがいつ帯から例のモノを取り出すんだろう？　と、そのことばかり気になっていた。

「ほーう、二浪ですか。うちの子もね、一浪しておりますから。美大はね、フツーとは違ってそんなもんですよ。お母さんも諦めてもらうしかありませんな」

そう言って画家は大笑いした。

息子なのに一浪していることが不思議だった。

「お坊っちゃまは油絵の方ですのん？」

普段、聞いたこともない言葉遣い。オカンもかなり上っている。

「いやぁー、それが乾さんと同じくデザイン科志望でしてね、どうやら私のやっております油絵なんて時代遅れだと思ってるようです」

　それでもどうにかコネで入れないものなのか？

「ちょっと呼んできましょう」

　画家はそう言うと席を立ち、オカンと僕だけが応接間に取り残された。

「あんたからも何か言いや。あんたのことなんやからな。今日は勝負やさかいな」

　一体何の、勝負なんだ、オカン。

「あ、どうも、純と申します」

　画家に連れられ現れたのは先ほどアトリエの隅でタバコを喫ってた奴だった。

「じゅんさんって、どういう字をお書きになるんですの？　純粋の純ですか？」

　オカンが聞くと、

「息子さんもそうですか？　同じ字です。これは奇遇ですな」

　画家は高らかに笑った。

「同じデザイン科を目指している二人。そして同じ〝純〟。これはきっと気が合うと思いますよ」

　奴はその言葉に迷惑そうな表情を浮かべた。僕ほどではないが肩のあたりまで髪を伸ばしている。

「何だかバンドをやってましてね。本当は絵なんかよりずっとそっちの方が好きみたいですよ」

画家がそう言うと、

「うちの純も、高校時代からずっとギターをやってましてね、自分で作詞作曲するんですよ、オリジナル・ソングっていうんですかねぇー」

と、オカンも負けじと応戦した。

「ほーう、そうですか。ますます二人は気が合いますな」

やっと話も打ち解けてきたかと思った時、

「もう、いいかな。これぐらいで」

と、奴は冷たく言って応接間を出ていった。和やかな雰囲気はまたも張り詰めた。この先、アイツと毎週、顔を合すのかと思ったら気が滅入った。

「ところで川原先生――」

オカンはとうとう切り出した。僕はその後に続く言葉が怖くて顔が上げられなくなった。

「どうかこの子を来年、美大に入れてやって下さい。がんばりますのでどうかお願いします。それで、お礼と言っては何ですがここに――」

オカンは一気にそう言うと、最終兵器を帯から取り出した。そして、そっと目の前のガラステーブルに置いた。

「いやいや、お母さん。子供を思う親の気持ちはどこも同じ。出来る限り合格させてあげたいと思いますが、それは息子さんのがんばり様次第。才能はお金で買えないもんです。どうか、それはお戻し下さい」

画家は即座にその白い封筒の中身を察知していた。これまでにもそんなことがあったのだろうか？

テーブルの上にポツンと取り残された裏金。さらに雰囲気は気まずくなった。

「どうです？　やる気はありますか」

画家は今度は僕の目の奥を覗き込むように聞いてきた。

「は…はい」

鋭い目を向けられ、僕は何度もうなずいた。

「三浪しても、四浪しても、美大に入りたいですか？」

僕はそんなに待てないと思ったけれど、

「はい！」

と、自分ではビックリするような大きな声で答えた。

「それならいいでしょう。お母さん、心配なさらないで下さい。純君はきっとやりますよ」

軽く考えてた美大のこと。「あんた、大変な世界に飛び込んだもんやなぁー」、オカンが言った通りだ。もう引き返すことは出来ない。

画家の家を後にして、駅前でオカンとラーメンを食べた。

「嫌な印象、持たはらへんだかなぁー」

オカンはあの金のことを気にしているようだった。

「心配せんでええって言ってはったやん。きっと、入れてくれはるって」

東京駅に出て、オカンを新幹線のホームまで見送った。

「いっぱい心配かけたけど、ごめんな、がんばるさかい」

オカンは「あんなことせーへんだら良かったかなぁ」と、まだ心配していた。

ポツリポツリと雨が降り始めた。

アパートに一人戻ると、ドアロにメモ用紙が挟んであるのが見えた。

僕にはすぐにそれが美奈のものだということが分った。

〝近くに来たので寄ってみました。また電話します〟

不思議なもので僕が美奈を待たなくなると、今度は美奈が僕を待つようになった。

それから僕は日曜日になると画家の家に出掛け、一生懸命デッサンをした。いつも通ってる美術予備校と全く気持ちが違うのは、ここで気に入られれば合格出来るんじゃないかという腹黒い想いがあるからだ。

いや、それだけではない。アイツにだけは勝ちたいと、強く想う気持ちも加わった。

オカンに付き添われてノコノコやって来た田舎者の僕を、アイツは嘲笑《あざわら》っている気がする。

画家は初めての授業の日、生徒に僕を紹介したがアイツだけは、一度も目をくれようとはしなかった。

授業が終り、画家が、

「ちょっと乾君、純の部屋で遊んでいけばどうなの？」

と、誘ってくれた時もアイツは〝チッ〟と舌打ちをして、

「そんなこと勝手に決めないでくれよ！」

と、怒鳴り二階に駆け上っていった。

僕だってあんな奴と話したくないし、況《ま》してや友達になんて成りたくない。

美大教授の息子なのに一浪してしまったコンプレックスがアイツの心を歪ませたのか？

それとも元々、そういう奴だったのか。

僕はアイツとここで同じ空気を吸ってるだけで気分が悪かった。

だから月の終り、講評会の席では絶対アイツにだけは負けたくないと思った。そのためにも、時間を惜しんでデッサンや色彩構成をやり続けたかった。

美奈はあれから頻繁に電話をかけてくるようになり、

「そっちの方に用があったから、ひょっとしているかな？　と、思ってさ――」

と、嘘までついて、

「行っていい？」

と、聞いた。

描きかけの色彩構成。ポスターカラーは今、出したところなので塗らないと乾いてしまう。いつもならうれしくてすぐに「おいでよ」と、言うところだが、僕はちょっと迷惑そうに、

「ちょっとだけなら……」

と答えた。

たぶん近くから電話してきたのだろう。すぐに鉄の階段をヒールで駆け上る音がした。

僕は気づかぬふりをしてポスターカラーを筆で溶いた。

「あ、がんばってるんだ」

美奈が入って来ても、僕は手を休めなかった。

いつもならここで抱き締め、キスをして、そのまま蒲団になだれ込むパターン。

〝しかし、この香りは……〟

シャネルの5番が誘惑してくる。

僕はまたしても性の欲望に負け、立ち上り、抱き締め、キスをし、ブラウスのボタンを外した。

〝あぁ、黒いブラジャー……〟

僕はそれを見ると異常に興奮した。ああ、もう、色彩構成なんてどうでもいい。構わない。

今度はスカート。どこにホックがあるのか分らない。

美奈は「ここよ」と、自らサイドのジッパーを降した。

〝あぁ、パンストの下はまたも黒か……〟

そして、いつものように万年床にベッドイン。

その時、蒲団の脇にエロ本が一冊落ちていることに僕は気付かなかった。

「ねぇ、じゅん。こんな趣味あったの？」

と、美奈はそれを見て聞いてきた。

「えっ？　何？」

と、僕は一瞬、何のことか分らなかった。

「へーえーSMねぇー」

と、美奈はエロ本を手に取りページをパラパラめくりながら言った。

「あ、それね、友達が持ってきよって……」

「………」

美奈は黙ってた。

また嘘をついたことに怒っているのかも知れない。

しばらくして美奈は、

「縛ってもいいよ」

と、言った。

その瞬間、高速で、何度も何度もそのセリフが頭の中を回った。

美奈は黒の下着姿で僕の次のセリフを待っている。

〝何て返事すればいいんだ……〟美奈は僕を変態と思ったに違いない。

しかし、そのセリフは否定ではなく、肯定。「縛ってもいいよ」と、ハッキリ言ったんだ。

SM映画は嫌がる女を無理矢理縛ることはあっても、向うからのリクエストに答えるシーンなど一度も見たことがない。

美奈はきっと試しているのに違いない。

ここで僕が〝ホント?〟なんて言うと、〝やっぱり変態なんだ、キライ〟と、逃げ出すっもりだ。

　第一、僕は縛った経験もないし、この部屋には縛る縄などあるはずがない。

　美奈は何も答えない勇気のない僕に嫌気が差したのか、半分ぐらいしか喫ってないタバコをハイザラでもみ消しながら、

「だったら早く抱いてよ」

　と、言った。

〝だったら〟って、どういう意味なんだ？　僕はいつも通り、何もなかったようにセックスをした。

　終った後も、僕はSM雑誌を見ないフリして努めてフツーの会話をした。

「じゃね、また電話する。絵の方、がんばってね」

　と、美奈もその後そのことには一切触れることなくいつものバス停で手を振った。

〝変態だったのよ〟

　美奈はミーコに電話で話すだろう。

〝優しそうだったのにね〟

〝でしょ、もう信じられなーい〟

　僕は一人、部屋に戻り、もう二度と戻らないかも知れない美奈との生活を思って淋しくな

った。

こんな気持ちのまま絵の具を塗る気にもなれず、僕は電気を消して、まだ美奈の臭いが残っている蒲団にくるまった。

その日以来、プッツリ美奈からの連絡はなかった。

ごはんや、風呂屋に行っている時にかけてくる場合もあると、ギリギリまで部屋にいようとするそんな自分が虚しくなった。

結婚なんてしなくて良かった。結婚なんてして、今後どうしていくつもりだったんだ。

僕はもう誰にも後ろめたさを感じなくていいと思ったら、何だかとても自由な気がした。

「まだ形は甘いけど、物を光でよく捕えているね。その調子、がんばりなさい」

画家に誉められるようになってきた。

「乾君のデッサンを見て分るだろ、な」

アトリエの模範作品になったことだってある。

みんなが突然僕のデッサンを注目してる。こんなことは生れて一度もなかった。しかし、一人だけそこから視線を外している奴がいる。僕と同じ名前のアイツだ。おもしろくないって表情で窓の外を見つめてる。

「これは誰の作品だ？」

画家が聞くと、アイツが小さく手を挙げた。

「君か」

画家は自分の息子なのにいつも他人行儀に喋る。このアトリエでは私情を挟むことなく一生徒として扱っているのだろうが、却《かえ》って不自然に思える。

「君は乾君と対照的だな。形はよく捕えているが光の意識がなってない。影はあるんじゃなくて、光のグラデーションで暗く見えるだけ。分るか？　そこんとこ乾君に教えてもらいなさい」

画家はわざと僕と息子をライバルにしようとしている。

「それでは今日はこれで終り。各自、デッサンは持って帰るように」

講評会が終った。

ザワザワと生徒たちがアトリエを出てゆく。僕もカルトンにデッサンを仕舞い、ドア口に向おうとしていたら画家が近寄ってきて、

「乾君。ちょっと話があるんだけど、時間いいかな？」

と聞いた。

あの応接間に通され、画家は暗い顔をして、

「息子はもう美大進学をやめると言い出したんだよ。そんなことを言い出す原因が僕には思

い当らなくてね。出来たら君から聞いてもらいたいんだ」

と、言ってきた。

「同じ道を目指す乾君にはきっと本当のことを言うんじゃないかと思ってね。今日じゃなくてもいいんだ。また日を改めてでいい。一度、聞いてはもらえないだろうか？」

困ったことになった。アイツが一番、心を許すことのない僕に画家は期待しているのだ。

しかし、この画家に気に入ってもらうのが僕の目的。オカンもそう思って高い授業料を払ってくれている。

「はい。分りました。次回来た時にでも聞いてみます」

僕は仕方なくそう答えた。

「ありがとう。ありがとう」

アパートに戻り、初めて誉められたデッサンを机の上に置いて、僕は満足気にタバコを喫った。ふと、

「縛ってもいいよ」

と、美奈のセリフを思い出したが、僕は必死で打ち消した。

〝便器け？〟

元気と、便器をかけたこのギャグのどこがおかしいのか今でも分らないが、僕は久しぶりに笑った。

池山の相変らずなハガキを手にし、僕は幸せな気持ちになった。

僕もあれからおまえのことをずっと気にしてたんだ。

池山、おまえなら笑ってくれるだろう。だって僕は変態がバレて彼女にフラれたんだから。

友情と女を天秤にかけたあの夜のこと、覚えてるだろ？

友達を取れなかった僕を許してくれ。

〃来年はイヌのアパートで飲み明かそうぜっ!!〃

おまえはこんな僕を許してくれるというのか？

御茶ノ水の美術予備校には全く行かなくなった。もう今は週一の授業の方に必死なんだ。

デッサンと色彩構成のコツが摑めてきた気がする。

今はもう美奈の一つ一つの行動や、一言一言の発言に振り回されることもない。僕はこの先、何事もなかったようにフツーの浪人生として来年、受験するだけだ。

〃息が詰まりそうで僕は　君から身を引いた
尋ねないで欲しい　いつまでも

だって僕は傷つけたりするのは
もうごめんだから
僕にあるものはすべて君にあげるよ
空っぽにしておくれ
だから会いたくなかった
最後の君の顔
もう　さよなら　もう　さよなら♬〃

夜、ギターを弾いて自分に都合のいい歌を作った。フラれたのではなく、僕の方がフった設定。

〃もう　さよならぁ――
もう　さよならぁ――♬〃
〃もう　さよならぁ――
もう　さよならぁ――♬〃

熱唱した瞬間、ものすごい音が台所側の壁からした。

「うっせーんだよ！　バカヤロー!!」

と、女の金切り声も飛んできた。


一体、今日は何月何日なのか？

イーゼルに立て掛けられた描きかけのデッサン。机の上の飲みさしのコーヒーには薄く緑色の膜が張っている。喫殻《すいがら》が山積みになったハイザラ。沈黙の石膏像。そして敷きっ放しの蒲団——

アパートを出て、ゾンビのように定食屋に向う。

いつも、そんな〝ここ〟から抜け出したくて〝ここ〟まで来たけど、やっぱり〝ここ〟も同じ〝ここ〟。どこに行っても自分が変らない限り〝ここ〟は〝ここ〟でしかない。

特徴のない街並みに嫌気が差す。

どこからか猫の鳴き声が聞えてきて、大して興味もないのに「ニャー」とか口マネして反応を待ってる。

きっと子猫なんだ。鳴き声が弱々しい。捨て猫なのか？　あたりを見回すと、青いポリバケツの横から顔を覗かせていた。

まるで生れたてのように小さく、小刻みに震えていた。かわいそうと思い近づいてみると、子猫は僕の足に擦り寄ってきた。

「ミャー」「ミャー」

きっとおなかが空いているのだろう。

僕は上京して初めて自分よりか弱い存在を見た気がした。

走って大通りの向うにある商店でミルクを買ってきてやろうか。子猫は縋《すが》るように僕の顔を見上げている。

ミルクを買って戻ってきたとしても、その後はどうする？ 面倒見てやれる余裕はあるのか？ 少しの後悔は残るが、何もしないでこの場を立ち去ってしまった方が僕は傷付かないで済む。本当の優しさなんて僕には持ち合せがないんだ。

だから美奈もこのままフェイドアウトしてくれるのがいい。あんなに愛してると思ってた気持ちももう少しで忘れられそうなんだ。

今の僕には他人を幸せに出来る力などどこにもない。

そんなことより僕は今週末に提出しなければならないデッサンを描くんだ。描いて描いて、自分などなくなってしまえばいいんだ。

子猫を振り切り小走りで路地の角を曲る。遠くで〝ミャー〟と鳴く声がしたが、僕は振り返ることなく、アパートに向って走った。

第九章

フォーリング・フロム・ザ・スカイ

突然、美奈から電話があったのはあの夜から一ヶ月余り経った頃——

もう二人の関係はてっきり終ったものだと思っていた。

美大受験への意欲を取り戻しもう一度、一からやり直そうとしていた矢先のことだった。

「ねぇ、今日、そっち行っていい？」

何事もなかったかのように美奈はそう言った。

今日は日曜日で、これから鶴見まで出掛けようとしていたところ。

「今日はちょっとマズイ」

暗い口調で答えると、

「ねぇ、何か怒ってんの？　ねぇ」

と、美奈は聞いてきた。

実際、僕は怒ってはいなかった。ただただ、当惑してるだけのこと。

「話したいことがいっぱいあるのよ」

と、美奈は言った。

声の後ろには街のざわめきがあった。近所からかけているのかも知れない。

「それに——」

美奈は少し笑って、

釈迦が菩提樹《ぼだいじゅ》の下で瞑想に入ろうとした時、いろんな魔物が現れ誘惑し邪魔をしたという

――

僕は中・高と六年もの間、仏教系学校で学んだことがある。

「もう会わない方が二人にとっていいかも知れないって思ったんだけど、じゅんの迷惑にならないようずっと我慢してたんだもん」

僕はグッと堪え、返事をしなかった。

「でも限界。たまには会ってくれるでしょ？　今から行っていい？」

釈迦はその時、魔物を断ち切り、この世の全てのものには実体がなく空《くう》であると悟ったという。

ねっとりした唾液、黒いアイライン、潤んだ瞳に柔らかな白い肌。長い黒髪、黒いランジェリー。そして……。僕の頭の中は一気に美奈でいっぱいになった。

僕の目の前には一枚のデッサン。きっと講評会で〝さらに良くなったね〟と、誉めてもらえるに違いない出来だ。ここで誘惑に惑わされては僕の未来など見えない。

〝今日はやっぱり……ダメ……〟

「もう我慢出来ないもん」

と、小声で呟いた。

言うんだ……言って断ち切るんだ……しかし、誘惑には勝てなかった。

電話を切った後、急にソワソワし出した。慌てて部屋を飛び出し、風呂屋の近くにある自販機でコンドームを買った。

〝ハァ…ハァ…ハァ…〟

全速力で走る。

体がジンジンしてきた。

それから数十分して、鉄の階段に響くハイヒールの音を聞いた。

僕はもう居ても立ってもいられず、部屋のドアの前に立ち、美奈が現れるのを待った。

「み…美奈……」

一ヶ月余りのブランクを埋めるのに言葉などいらなかった。いつものようにキスをして、万年床に移動して、服のボタンを外し、スカートの横のファスナーを下げる。ストッキングは破れないよう注意して丸め、下着はそのままにして美奈を横たえた。

いつもの香水の臭い。

これを嗅ぐと、僕はもう将来なんてどうなってもいいと思う。

バン！　と、襖《ふすま》に僕の脱ぎ捨てたジーパンが当る。僕のブリーフはもうパンパンだ。

閉じた瞳、黒いアイラインがピクピク動いているのが見える。

その時、美奈は上体を起し、

「ねえ私のバッグ、取って」

と、言った。

僕はまた「ゴムをつけて」と、言われるんじゃないかと思い「ちゃんと買ってある」と言おうとしたら、

「バッグの中に紐《ひも》が入ってるでしょ」

と、美奈は言った。

〝えッ？　紐って？〟

僕はその時、頭がジンジンした。

初めて開ける美奈のバッグ。中を覗くと化粧道具やレポート用紙といっしょにトグロを巻いた細い紐が見えた。

美奈は軽く笑いながら、

「ママの部屋にあったの。趣味で革細工やってるから」

と言った。

僕はそれがあの日の「縛ってもいいよ」の回答だと分った。

黒い革の紐——嫌じゃなかったんだ。

僕は夢中で、美奈を後ろ手に縛り、そしてブラジャーをつけたまま胸の上下を縛り上げた。

言われて顔が真っ赤になった。慣れてなんかいないんだ。SM雑誌の見よう見マネ。

「じゅん、慣れてるのね」

胸を二周した黒い革の紐はまだ随分、余っていたので、それを今度は美奈の股間に通しグイッと引いた。

「うっ…うっ…あぁ…あぁーん……」

美奈は蒲団に横たわり、いつもより大きく身悶《みもだ》えした。

僕はもう感情を抑えることが出来なくなった。野獣のように、柔らかな肉に飛びつき、雄《お》叫《たけ》びを上げた瞬間、

〝ドーーーン！〟

と、壁が叩かれた。

〝ドーン！　ドーン！　ドーン!!〟

もう僕は聞かないフリをした。

美奈の乱れ様もすごかった。何分、いや何時間そうしていたかすら分らない。気が付くと二人、汗びっしょりで仰向けになり、〝ハァーハァー〟と荒い息を立てていた。

僕はやっと気を取り戻して、美奈の体に巻きついた黒い革の紐を解いた。

胸元には深く充血した紐の跡。

もし、僕の他にも男がいるとしたら当分の間、会うことは出来ないだろう。そんなことを思うと微かな優越感を覚えた。

いつもなら美奈は〝もうそろそろ帰らなきゃ〟と、言い出す頃だ。

「パパがねー」

それが一ヶ月余り、僕に会えなかった理由だとは知らなかった。

美奈は僕とつき合っていることを親に告白したという。

「何もかも？」

「じゅんの立場も歳も、将来の約束も全部言ったわよ」

僕は動揺した。

「それでどうなったん？」

「出ていけって」

「出ていけって？　どっから」

「家からに決ってるじゃない」

「えっ！……」

だから今日からこのアパートで暮すというのか。

「でも、どうすんねん、これから先。戻った方がええんと違う？」

僕が不安そうに言うと、

「そう言うと思ってた。だってじゅんは責任取らないものね」

と、言って美奈は泣き出した。

因果応報とは過去における善悪の業《ごう》に応じて現在における幸不幸の果報が生じ、現在の業に応じて未来の果報が生ずるという。

僕はかつて淋しさにかこつけ言った〝将来の約束〞を思い出しゾッとした。

畳の上に黒い紐、今度は僕の首を縛ろうとでもいうのか。

「もう、いい。じゅんなんて知らない」と、言って美奈は部屋を飛び出していった。僕は後を追う気になれず万年床に倒れ込んで呆然と天井を見つめてた。

〝嘘をつかずに生きてみたいとは思ってみるものの
自分を裏切っているこれも嘘だよ
悲しさとあいまって
美化されてくセンチメンタル

悲しさは罪
悲しさは罪♬〃

「最近、もう一つ力が入ってないようだね。スランプなのかね？」

日曜日のアトリエ、画家にズバリ指摘された。いつもなら数枚は描き上げて持ってゆくデッサン、全くやる気がしない理由は〝美奈との関係が重過ぎて〟なんて言えやしない。

「すいません」

それと、気になることといえばアイツがここ何回か姿を現さないこと。描きかけのデッサンもイーゼルに立て掛け教室に放置したままだ。他人の心配をしている場合じゃないけれど、画家に悩みを聞いてくれと頼まれた立場としてはどうすればいいのか？

「乾君、ちょっと」

帰り支度をしていると、画家に引き止められた。

「純がね——家を出たきり帰ってこないんだよ」

「えっ？」

アトリエの隅から、ハイザラ代りのブリキ缶を持ってきて、画家は話を続けた。

「押し付けたつもりはないんだよ。純も小さい頃から絵が好きだったし。それでもずっとそういう環境にいたから、親への反発というのかな。親とは同じ道に進みたくないんだろうな。出ていってしまったんだよ」

僕は美奈のことを思った。

「家出先に心当りはあるんですか？」

僕はこんなことしか聞くことが出来ない。

「バンドの連中の家だと思うんだけどね」

「やっぱりバンドがやりたいんですか？」

「美大に入ればいくらでもやっていいって言ってたんだがね。今やらなきゃ意味がないって言い張るもんでつい〝出ていけ〟なんて怒鳴ったら…」

「本当に出ていったと……」

画家は淋しそうだった。それは自分の夢を息子に託せなかった淋しさなのか。

僕はこの家の事情なんて全く知らなかったが、一つだけ気になることは母親の姿を一度も見ていないってこと。

「もう完全に受験はやめちゃうんですかねえ？」

「それも分らない」

画家はパイプに葉を詰め替えながら答えた。

「変なこと聞きますけど、お父さんの力で美大に入れてあげることは出来ないんですか？」

僕は言って、ドキドキした。本当に知りたかったことはそれなんだ。絵の場合、答えがあるテストと違って、評価はあくまで教授たちの感性だからだ。

「出来ることは出来ると思うよ」

やっぱりそうだ。

「ま、出来るかも知れないって程度かな。でも、絵の道は美大に入ったからって完成するもんじゃないだろ？　それは乾君も分るだろ。いい加減な気持ちの奴を入れたって、続かない。そりゃ意味がない」

「はあ」

僕のことを言われているようで耳が痛かった。

「芸術なんてものに本来、アカデミックな教育が必要なのか、それ自体に疑問があるけどな。僕が言うのも変な話だけどね」

「バンドにもあるんじゃないですか？　商業主義のバンドと、そうじゃないものが」

僕はボブ・ディランを思ってそんなことを言った。

「なるほどね」

画家は感慨深そうにうなずいた。

ライバル視していたアイツが消えて、本当はうれしいはずなのに、アイツが見つけた自分らしい道に、少し嫉妬している自分もいた。

夏が過ぎ、監獄のようなアパートにも少しだけ柔らかな秋の光が差し込んできた。

受験に失敗するたびに購入してた石膏像も今では僕のファミリーのように居座っている。カラカラ帝、モリエール、パジャント、西洋から来た人たちだと思うが、彫りの深い目にホコリを溜め、僕と四畳半フォークな生活を続けている。

ある時は半乾きな僕のシャツやパンツを頭に載せられることもある。たぶん立派な勇者や高貴な婦人だと思うが、ここではその片鱗《へんりん》も窺うことが出来ない。

僕は来年、もう一体ファミリーが増えることだけは避けたいと願っている。

ある夜、帰ってきたらアパートの一階に入ってる〝大木事務所〟と看板に書かれた部屋から呼び止められた。

「ちょっと君」

「はぁ？」

ガラガラとガラス窓が開くと、中から作業着を着た男が現れた。

「君、このアパートの住人でしょ？」

「は、はい」

歳は四十歳くらい。髪型は七三、冴えない風貌だ。

「君は美術系でしょ？」

突然、聞かれ少し驚いた。

「いや、まだ浪人中なんですけど」

そう答えると男は、

「ちょうどいい！」

と、大きな声を出した。

何のことかサッパリ分らなかったが、「ちょっといいかな？」と、中に招かれた。

「美術系な君にピッタリな仕事だと思うし、一晩だけやんない？」

と、アルバイトを頼まれた。

そこは事務所というか作業部屋。床にはペンキの缶や発泡スチロールが散乱していた。

「どんな仕事なんですか？」

聞くと、

「君はどんなアーチストを目指してるの？」

と、聞き返された。

「横尾忠則さんとか……」

言い出して恥ずかしくなった。浪人のくせに雲の上の人の話をしているからだ。

「じゃ、ちょうどいいね」

と、男はホモっぽく笑った。

「ここはデザイン事務所でね。俺は一応、社長。明日の夜はどうかなぁー。搬入手伝ってもらいたいんだけど」

よく分らないけど、デザインの仕事と聞いて少し興奮した。

「是非、やらせてもらいます」

僕はうれしくなって深々と頭を下げた。ひょっとして美大など入らなくてもデザイナーに成れる近道があるかも知れない。僕は自分の部屋に戻ってワクワクした。

翌日、久しぶりにオカンから電話があったので得意気に今夜、デザインの仕事が舞い込んだことを伝えた。

「あんた、大丈夫かいな？　受験勉強の方はしっかりせなアカンよ」

「分ってるって、でもなやっぱり実践なんやて、デザインは」

と、夢中で言った。

もし来年、受験に失敗しても僕にはデザイナーの仕事が舞い込むかも知れない。そう思うと未来が明るく思えてきた。

言われた通り、夜九時。僕はアパートの階段を降りてデザイン事務所の前で待っていた。

白いライトバンが一台、止っていて中から、

「早く乗った乗った」

と、社長が僕に声をかけた。

これからどこに連れていかれるのか、僕は知らないけどきっと「ちょうどいい」仕事がそこに待っているに違いない。助手席に座り僕は夜の東京を静かに見つめていた。

三十分ほど走っただろうか、車はどこかの駅前らしき所に止った。

「さぁ、積荷、降して降して」

ライトバンに積んであったのは昨夜、床に置いてあった発泡スチロールや大きな紙のロール。

言われるままに僕はそれらを車の外に運び出した。

「これビルの中に運び込んで」

どうやら作業はここでするらしい。閉店した駅ビルは静まり返っていた。

「先ずショーウインドーの中の貼り紙を全部剝《は》がしてね。剝し難《にく》い時はこのリムーバーを使って。キレイにな」

あの男の言葉にギョッとなった。この作業はデザイナーを目指す者にとって「ちょうどいい」仕事では決してないことがハッキリ分ったからだ。

僕は〝ハンニュー〟という言葉の意味をその時まで知らなかった。

それから何時間くらい経ったのか？　仕方なく作業を黙々と続けた。こんなことならアパートでデッサンをしていた方が良かった。僕の夢がどんどん稀薄になっていく気がしてとても悲しかった。

閉じたシャッターの隙間から朝の光が差し込んできた。開店の九時には全ての作業を終えなければならないらしい。フラフラになりながらも次々に壁紙を貼った。

「気泡が出来ないように気をつけろ。早く早く」

開店ギリギリに作業は終った。堪らず駅ビルの外に出てタバコを喫っていると、

「よくがんばってくれたねぇ。時間あったらウインターセールの時もまた頼むよ」

と、社長が近づいてきた。そして、革のサイフから五千円取り出し、

「じゃ、ここで解散。お疲れ」

と、言った。

送ってもくれないんだ。

一体、どこなんだ？　この駅。見上げると〝恵比寿〟とある。何線に乗れば帰れるのか僕

はサッパリ分らず駅前をフラフラしてたら、壁に何枚も同じチラシが貼ってあるのを見た。

さっきまで壁紙をキレイに貼らされていたのでその無造作な感じが気になった。何気にチラシを見ると、何とアイツに似た顔を発見した。

〝CHELCY〟

チェルシーと読むのか？

〝まさかね〟と思ってもう一度よく見てみる。ビジュアル系を気取った四人のメンバーの中の一人。確かにアイツに違いない。

僕と同じ純。家出をした画家の息子の純に違いない。僕は虚しかったバイトのことも忘れ、そのチラシに釘付けになった。


今の僕は学生でもなく当然、社会人でもない。

いくら探しても自慢出来る自分なんてどこにもいなかった。

それに今は少し慣れてきて、前より大して不満にも思わない。僕の人生は結局、こんな風にして終ってしまうんじゃないのか？

机の上には描きかけの色彩構成。ポスターカラーは絵の具皿の中でカラカラに乾いている。

もう一度、立ち上ってその中に水を入れるんだ。ギターを置いてもう一度、今ある怠惰な生活から抜け出すんだ。

僕は非芸術的バイトの帰りに見たあいつのポスターが忘れられないでいた。

恵まれた画家の家に育ったアイツがそれでもバンドの道を選んだこと。僕は今、目先にある受験のことばかり考えているが、アイツはもっと先にある〝自分〟を見つめているのかも知れない。本当にやりたいことを見つけたアイツが本気で羨ましいんだ。

気になって僕は『ぴあ』を買ってみた。アイツがいつ、どこのライブハウスで、どんな音楽をやっているのか、知りたくて堪らなくなったんだ。

僕は結局、音楽を諦めて絵の道を目指しているんではないのか？　シンガー・ソングライターに成りたかったけど、どうしたら成れるのか？　教えてくれる人はいなかったから僕は今、似つかわしくない絵の道に足を踏み入れ、自分らしさをなくしてしまったのではないだろうか？

でも、もう後戻りは出来ないと、僕はそのことで悩み苦しんでいるのではないだろうか？

やっぱり載っていた。目黒のライブハウス『麗人館』――

当日、僕は派手な衣装を着た女性客にまじって店内に立っていた。

浮いている自分にドキドキしながらドリンクバーでコーラを注文した。満員ではないがステージの前に押し寄せるファンの熱気は充分、伝わってくる。

僕はフォークだった。ハードロックも聴いたが、詞を重要視していたのでアコースティックな方向を選んだ。でも、言いたいことがそれほどあるわけではないことも知っている。

東京に出て来て見たライブがディランとアイツのバンドとは。

途中から見たバンドは退屈だった。グラムロックの亜流。ニューヨーク・ドールズやT・レックスのマネにしか見えない。何を歌ってるか聞き取れない雰囲気モノに僕は嫌気が差した。やっぱり来なければ良かった。きっとアイツのバンドもそうに違いない。僕は見る前から後悔した。

客もかなり増え始めてザワザワしている。僕は居場所が見つからず、コンクリートの壁に追いやられるように立っていた。

〝チェルシー！〟

カン高い声で女たちが叫ぶと、次第にそれはコールに変っていった。

〝チェルシー！　チェルシー！〟

どうやら観客のほとんどはアイツのバンドを待っていたようだ。

地響きのような音がライブハウスを包む。

〝チェルシー！　チェルシー！〟

店内は突然、暗転しバンドメンバーが一斉にステージに現れた。ものすごい歓声。でも、アイツの姿はまだ見えない。

ドラムとベースが音を出しスタンバイしてる。

〝ジューン！〟

誰かが叫び、僕は一瞬ドキッとしてまわりを見回した。

演奏が始まってもまだアイツは現れない。ステージ中央のスタンドマイクにスポットライトが当ったその瞬間、

〝キャー!!　ジューン！　ジューン！〟

と、ジュン・コールは激しさを増し、アイツはまるで『アラジン・セイン』の頃のデヴィッド・ボウイを彷彿《ほうふつ》させるメイクでゆっくりステージ脇から黒のストラトキャスターを下げて姿を現した。そして、マイクに向って、

「ロックするぜ！」

と、叫んだ。

画家のアトリエで見たアイツとは全く感じが違う。そして、しわがれた声で攻撃的に歌い、ギターを弾きまくり、ステージを跳ねた。


〝オレたちはバカだぜ〟

〃死ぬことが分っているのにまだ不安なのかい〃
〃ロックしようぜ　それより〃
〃ロックしようぜ　死ぬまで〃
〃リアルに生きてやろうぜ〃

爆音の中からアイツの言葉がリアルに聞える。単なるビジュアル系じゃない。

〃捨てちまえ　いるものだけを持て〃
〃結局　自分なんて　どこにもいないぜ〃

僕はアイツを見てクラクラした。そこには自信が漲《みなぎ》っていたからだ。将来はどうあれ今、出来ることはこれなんだとアイツは歌ってる。やらなきゃなんないことはこれなんだと迫ってくる。

〃もっと自由に！〃

不安だなんて言う暇があったら、今をリアルに生きろって、アイツは歌ってた。僕は美大生という肩書きが欲しかった。欲しくて欲しくて堪らなかった。それで安心が買えるもんだと信じていた。

僕の頭の中は高円寺の四畳半。そこに何でも詰め込んで窮屈で退屈だった。美奈とのことも、将来のことも四畳半の中で悩んで外に目を向けようともしなかった。

〝どんな気がする？〟
〝どんな気がする？〟

ディランの歌声がまたも頭の中で回り始めた。

僕は堪らず人ごみを逃れ外に出た。アイツが僕に向って歌ったような気がしてとても疲れてしまったんだ。

電話で告げた方がいいのかも知れない。いや、直接会って言うべきなのかも。きっとその時、〝どうして？〟って聞くだろう。当然、僕は口籠るに違いない。君はいつ電話をかけてきて「今から行っていい？」って、言うかも知れない。その時では遅過ぎる。君とダラダラつき合ってるようでは僕がダメになるんだ……。いや、ダメだ、そんな言い訳、自分のことしか考えていない。

僕は卑怯者だ。

何も自分からハッキリ理由を言い出せなくて、ただ押し黙ったまま相手の出方を窺っているだけ。

僕は卑怯者だ。

僕は今、美奈とハッキリ別れたがっている。

結局は自分のために。自分の将来のためにこの関係を続けていくのは良くないと思っているんだ。

全ては自分に原因があるのに、美奈のせいにしようとしている。

僕は卑怯者だ。

何を言っても嘘になる。

〝思い出せば募るセンチメンタル
　真っ暗な風景写真　切り抜かれた君の姿

口ずさめば歩き出すひとりぼっち
静かに忍び寄る　コツコツとハイヒールの調べ
この歌は君のもの
君のために僕が書いた
この歌は君のもの
君のために僕が書いた♬〟

押し入れに隠してあった美奈の生理用品や、美奈が「踊れる曲ないの？」と言った時用に買ったアース・ウィンド&ファイアーのLPや、狭い台所に立つ美奈のエプロンや、美奈の歯ブラシ、美奈のコップ、そしてSMの紐、とにかく美奈の思い出が染み付いた品は全部、この四畳半からなくしてしまおうと思った。

〝名を呼べば残るイメージの君
タバコの吸殻　鮮やかに蘇《よみがえ》る口紅の赤
振り返れば　踊り出すイルミネーション
通り過ぎるバスの窓に　君がポツンとシルエット

この歌は君のもの
君のために僕が書いた
この歌は君のもの
君のために僕が書いた♬〟

御茶ノ水の画材屋で買った一冊のスケッチブック。表紙をめくると僕が描いた美奈の似顔絵。

「いいってば、描かなくて」

美奈はあの夜、そう言って蒲団にくるまり顔を隠したが、

「かわいく描かなきゃ許さないからね」

と、最後には照れ臭そうに笑った。その時の表情がとてもかわいくて、艶っぽかった。

僕は映画『欲望』のポスターのように横たわる美奈を跨いで一生懸命描いたんだ。

「ねぇ、見せてよ」

美術予備校の講評会ではいつも、

「まったく物を把握してない」

と、先生に叱られたもんだが、このモチーフだけは違う。だって、体の隅々まで僕は知っ

ているんだから。

「私の顔って、こう？」

美奈の講評は決して否定ではなかった。

「こうだよ。美人なんだから」

言って僕も何だか照れ臭くなった。

「じゃ、許してあげる」

美奈は笑って、

「ねえ」

と、蒲団の隅を静かに開け、僕をもう一度誘い込んだんだ。

〝美奈は今、何をしているんだろう？〟

〝一体、僕は何をしてるんだろう……〟

正月は結局、帰省しないことにした。

代ゼミの現国と英語、それに画家の特別授業、その間にアパートでデッサンと色彩構成。

僕は自分の立場のなさに気付く暇もないぐらい没頭した。

もうこれで落ちても、諦めがつくようにだけはしたかったんだ。

「乾君、後は学科。実技との総合点だからな。そこは私の手の及ぶところではないのが、がんばってよ」

本当なら実の息子にアドバイスがしたいところだろう。僕は受験が終ったら改めて、アイツの話をしに来ようと思っている。安定など望まないアイツがどれだけロックか。うまく喋れないかも知れないが、きっと画家は喜ぶに違いない。そんな気がする。

アトリエを出ると外は真っ暗になっていた。

「乾君は今年、やるんじゃない？」

三浪だという先輩が喋りかけてきた。

「俺、芸大の漆《うるし》科を目指してるなんて、本当は嘘でさ。もう、どこでもいいの。今年は専門学校でも構わないって思ってんだ」

僕はジョンさんのことをまた思い出した。

「結局、日本画科だって油絵科だってさ、美大出たからって就職先なんてないわけで。その道では四十、五十なんて、まだ新人扱いだもんな。いくらデッサンうまくてもさ、食えなきゃアウトでしょ、この世界」

先輩は今年ダメだったら、福島の実家に帰って家業を継がされるという。

「いいよ。乾君は恵まれてるよ」

ビックリするほどデッサンのうまい先輩。でも、いつも画家に言われていることは、

「フレッシュさがない」

だった。

うま過ぎてテクニックに走り過ぎだという。今の僕にはよく分らない理屈だけど、僕も何も知らず初めて描いた石膏デッサンは妙に迫力だけはあったような気がする。

たくさんの芸術家を目指す人がいて、そのほとんどが芸術家になんか成れなくて終る。美大に入ったところでその道が開かれるとは限らない。

「先生の息子はどうしたんだろうね？　もう、やめちゃったのかなぁー、全然、アトリエに姿見せないしね」

先輩はイーゼルだけが残されたアイツの席を見つめながら言った。

「どうですかねぇ」

僕は黙ってた。

帰り道、中央線に乗り継ごうと思ってホームに上った時、冷たい雨は雪に変ってた。

〝雪が降る淋しい街　君の姿見つけられず
君の名前　銀世界に静かに響いてる

僕は一人　さ迷う街
ひとこと愛を告げたくて
SNOW LIGHT LOVE
SNOW LIGHT LOVE
ひとこと愛を告げたくて♬〟

そういえば今日はクリスマス・イブ。美奈の車で過ごしたあのクリスマス・イブから一年が経った。
美奈は今、どうしているのだろう？　きっと見知らぬ男の胸に抱かれているんだろうか？
それとも今、同じ雪を見て僕のことを思い出しているのかな？

〝SNOW LIGHT LOVE♬〟

そう思うと、僕はもう堪らなくなって高円寺駅で降りるなり、バス停とは反対方向の商店街に歩き出した。
その先には薄汚れた雑居ビルがあり、その二階には洋モノ専門のエロ映画館が入っていた。

僕はこんなセンチメンタルな気持ちを台無しにしたかったんだ。

見上げると『淫芯　デリーシャス』『セックス発電』『悶える女　バースト・スクリュー』と、その看板に書かれてた。まるで今の僕を嘲笑ってるように。

〝何度も君の夢を見たよ
僕じゃない奴といる夢さ
君はすごく大人の顔をして
「わかってたはずよ」って、言ってた

何度も君の夢を見たよ
僕は泣きながらその場を飛び出した
でも、もう君を想わなくていい
そう思ったら何だか気が楽になってた♬〟

錆びた階段、ひび割れた壁、水漏れの共同便所、汚れた廊下、点滅してる蛍光灯、ハイヒールの音——

〝コツコツ　コツコツ……〟

僕は、合格して早く美奈の幻想から逃げたかった。

受験も間近に迫った二月の初め、アパートのドアの前に、何やら大きな包みが置いてあるのを発見した。

〝まさか……〟

とは、思ったけど、黒く光るその高級ブランドの包みを手にした時、すぐにそれが美奈からの贈りものであることが分った。

僕は部屋に入ることも忘れ、ドアの前で焦りながら包みを開けた。斜めにかかった黒いリボンに白い封筒が差し込んである。

〝お誕生日おめでとう。会えなくて淋しいけれど――〟

その手紙は最初の一行目から僕を当惑させた。

〝受験がんばってね。何もしてあげられないけれど――〟

心臓の音が聞えてくるぐらい動揺してる。

〝合格したら、いつか二人だけのパーティしましょうね。

美奈〟

落ち着くんだ。
僕はブーツをはいたまま畳の上に倒れ込んだ。そして、高級そうな箱を開けて中身を見た。
薄い包装紙にくるまれてゴルフするような人が着るセーターが入っていた。

〝二人だけのパーティ……〟
どういうつもりなんだ。
僕はまた美奈と縒《よ》りを戻すのか？

セーターは全く似合わなかったが、とても暖かかった。
この冷蔵庫の中にいるようなアパート生活には大変有り難かった。驚いたことに数日後、
セーターはもう一枚届いた。オカンからの誕生日プレゼントだった。

第十章

夢のつづき

三度目の受験が遂に始まった――

早朝、アパートを出ると雪がアスファルト道路を白く覆っていた。僕は悴《かじか》む手にデッサン用のカルトンと鉛筆一式、ポスターカラーの入ったツール・ボックスと筆一式、それに瀬戸物で出来たパレット十五枚と、バケツを提げ、バスを待った。

僕に今、必要なものはこれだけだった。

今度、落ちたら。そう思うと昨夜、ほとんど寝られなかった。今度、落ちたらそれは夢だったとキッパリ諦めるしかない。

高円寺駅から下りの中央線に乗り継ぐと、車輛《しゃりょう》に一人、僕とほぼ同じ持ち物を手にした受験生を発見した。あの男も僕と同じ気持ちでいるのだろうか？

でも一つだけ大きく違うところがある。それは僕がコートの下にセーターを二枚も着ているところ。美奈のくれたセーターの上にオカンがくれた白のザックリ編みの重ね着。変な話だけど僕は今、二人の女に包まれて受験会場に向っている。

途中の駅からかなりの人数、同じ目的の男女が乗り込んできて、

「武蔵美は石膏像出ないって知ってた？」

とか、

「ポスカラの色、作ってきた？」

とか、夢中で話し込んでいる。

試験中にポスターカラーの色を調合しているようでは時間のロス。予め混ぜ合わせた色をフィルム・ケース数個に分けて用意しておくのが賢明だ。

「えーっ！　マズイよ。なんで教えてくれないのよ！」

集団の中から焦った女の声が聞えてくる。

それに僕のバケツは業務用で車中の誰よりも大きかった。

これも時間のロスを考えてのこと。絵の具で汚れた水を替えることなく何本もの筆を一気に洗うことが出来るからだ。このような浪人生の智恵は全部、経験から学んだこと。

国分寺駅でゾロゾロと画材集団は降りた。

そして、駅前を行進、試験会場行きのバス停に向っていた。同じ目的なんだけどみんながライバル。実に嫌な戦いだ。

パチンコ屋を通り過ぎ、細い一本道をさらに進む。バスは受験生を詰め込みギューギューで発車した。

東京とは思えぬ田園風景の中をバスはひたすら走り、受験生たちは押し黙ったまままだ揺れに身を任せている。

美大前で急停車、バスから吐き出されたみんなは散り散りバラバラとなり、己の試験会場に急ぐ。

僕は気を落ち着かせようとポケットからタバコを取り出し一服、寒空の校内に煙を吐き散らした。

「あの、つかぬことをお聞きしますが、視覚伝達デザインの試験会場はどこでしょうか？」

と、背後から声をかけられ振り返ると、僕よりも長髪、冬なのに素足でサンダルをはいている男が立っていた。流石に美大入試となれば変り者がいる。それに驚いたことは、僕よりもさらにデカいバケツを手に提げていたこと。

「あ、僕もそこに行きますんでいっしょに行きましょう」

努めて丁寧に言ったのは、きっと浪人先輩だと思ったから。

会場であるイーゼルの立ち並んだ教室に入ると、受験票と照らし合せ、自分の席を探した。

石膏像は噂通り出なかった。それは学校側が受験者に見合うだけの数を持っていないというのが有力な説。僕はもう動じなかった。

ゆっくり自分の席に座り、台の上のモチーフをじっくり見た。木で出来た二〇センチ四方の立方体が三つ、立てた鏡の前に置いてある。当然、鏡に映り込んだ立方体をどう描写するかがデッサン力の要《かなめ》となる。ほぼ全員、席についたところで試験官が現れ、そしてクールな声で「持ち時間は二時間です」と、説明した。

た。

「それでは始め！」

教室内の空気はさらに張り詰め、僕は手に持った2Bの鉛筆をデッサン紙に夢中で走らせた。

次の試験は三十分休憩を挟んで、隣の教室で行われた。出された課題は〝直線と曲線を使って色彩構成せよ〟と、いうもの。美術予備校や画家のアトリエで何度かやったことがあるテーマだったので予め用意した絵の具と、大きなバケツに水をいっぱい入れて、静かに作業を開始した。

一時間経過したあたりで、

「もう完成した者は教室の外に出てもよろしい」

と、試験官の指示があったので、僕は机の上に作品を残し余裕で退出した。

廊下からは雪で真っ白になった校庭が見えた。僕はまたポケットからタバコを出すと一服、煙といっしょに緊張感を吐き出した。

「あの、すいませんが一本、タバコを頂いてよろしいでしょうか？」

そのやたら丁寧な言い方は先ほど校門で会った大長髪のサンダル男だった。彼も余裕で退出してきたのだ。

「あ、いいですけど」

僕たちはそれから何も喋ることなく、窓から校庭を見つめ煙を吐いた。

教室内からザワザワと声が漏れ、一日目の試験が終了したことを知った。この結果を元に、僕たちは現国と英語の試験を受けることになる。僕は再び画材を手に、校門前からギューギューのバスに乗り帰路についた。

その二日後に今度は多摩美の試験があった。やることは同じなのだが、今年の多摩美は先に学科があった。現国はともかく、英語は自信がない。浪人すればするほど学科は疎かになる。

一週間後、武蔵美に出向き、体育館前に貼り出された受験番号で実技が合格したことを知った。それから三日遅れで今度は多摩美から学科の試験に落ちた通知が届いた。

僕はこの時点で、もう一校に懸けるしかなくなった。

画材を持たない試験が始まった。今までやってきたことが、英語の試験でダメになるなんて思いたくない。

合格発表まであと三日と迫った朝、突然の電話で起された。

「おまえ、どうや？　大丈夫なんかいな」

親父だった。

「そんなこと言われても、分らへん」

面倒臭そうに答えると、親父は口調を強めて、

「お母さんはな。おまえのことばっかり考えて毎晩、寝られへんのや。困っとんねん、わしも」

と、言った。

「そんなこと言われても僕も困るわ……」

「この間、あまりにも具合悪そうやさかい医者に連れてったんやけど、鬱の気《け》がある言われてな。薬飲ましてるんやけど朝からずっと泣いとったりするんや」

〝泣いてる〟って。

「大丈夫なん？」

僕はそれでもピンとこなかった。

「だから合格発表が終ったらな、結果が良うても悪うても一ぺん、京都に帰ってこい。わしもホンマ、困っとるんや。もう会社行かなあかんさかい、電話は切るで。分ったな」

「あ、分った……」

電話を切った後、嫌な胸騒ぎがした。

今までフツーにやってきたと思ってた。僕の目の前にある不安は受験だけだと思ってた。でも今は何が何だかよく分からない。どうしちゃったんだ？　何でオカンは泣いてるんだろう？　息子の受験が心配なのは分るけど、それだけが原因か？

僕か？　やっぱり僕か？　遂に我慢の限界がきたというのか？

〝どうなっちゃったんだ？〟

生れてこの方、一度も直面したことがない家庭の不安に、僕はどう対処していいか分らなくなった。

これでもし今年も不合格ということにでもなったら、オカンはさらに壊れてしまうのだろうか？　陽気で、気丈だったあのオカンが、一体どうなってしまったんだ。

心配で、今度はこちらから、電話をかけてみたけど、オカンは出なかった。

僕は今まで、自分のことばかり考えて生きてきた。それは今でも変ってはいない。一度も人の身になって考えたことなどなかった。

だから僕は、一人で生きていると勘違いしてた。僕の意見が全てで、僕以外の人の意見を聞かずにきた。

翌日も親父から夜中、電話があった。

「おまえの声がどうしても聞きたいらしい。優しく話すんやぞ」

親父の困憊《こんぱい》ぶりは、その弱々しい声で分った。

「オカン、大丈夫か？　オカン」

受話器の向うで「純が出てるから早よ代れ」と、言うのが聞える。

「純か？」

オカンは聞いたこともないか細い声で出た。

「そうや。純や。純やで。ごめんなオカン。いろいろ心配かけて。ホンマ、ゴメンな」

僕は一気に謝った。するとオカンは、

「純な、明日、そっちに行こう思てるんやけどな――」

と、突拍子もない話を始めた。

「どないしたんやねん？　何でやねん？　発表はまだやで、何で会いに来るんや？」

「違うがな。まだ間に合うやろ。お母さんな、ずっとそれが気になってたんや。明日な、学校にお金持っていった方がええやろ、な、純。明日な、直接学校に行って、お金、渡そうと思てな。それが私に出来る最後のことや」

「学校行って一体、そんなお金、誰に渡すつもりやな……もう、ええって。ありがとう。ごめんなオカン……」

言って涙が溢れてきた。

「あんたはよう一人でがんばったなぁ。お母さんは見守るだけで何もしてあげられへんやろ。だからせめてそんなことでもと思てなあ——」

オカンも泣いている。

「もうええやろ」後ろで親父の声がしてオカンの声は遠くなった。

「お母さんはな、純のことだけ考えとるんや。それだけは分ったれよ」

僕は今までオカンが許してくれてたことに甘えてた。オカンが僕にくれていた愛を軽んじてた。

オカン、ごめん。ごめんな、オカン。

自分を探してたんだ。

どこかもっと素晴らしい自分が見つかるんじゃないのかと思ってたんだ。

東京に出たかったのもそのためだ。東京に行けばもっと素晴らしい自分が見つかるんじゃないのかと、甘く考えてた。

でも、いつもどこかでオカンに頼って生きてきた。オカンがいつも助けてくれるんだろうって思ってた。あの時も、オカンがお金を渡すと言ったあの時も、僕は止めやしなかった。

もし、そんなことで入れてもらえるならいいなと軽く思ってた。オカンがどんな気持ちでそんなことまで言い出したのか、僕は全く考えてもいなかったんだ。

発表の前夜は流石に寝られなかった。朝、空が白んできた時、僕は部屋を見回した。どんな時も僕を睨みつけていた石膏像。描きかけのデッサンや絵の具皿に残ったポスターカラー。散乱した洗濯物、敷きっ放しの蒲団。そして、ずっと僕の気持ちを奏で続けた一本のギター。全てが静寂の中にあった。

もう僕はもうここを去らなきゃならないかも知れない。いつまでも人は同じ気持ちで同じ場所に居られないのだ。

最後のタバコをゆっくり一本喫って、僕はアパートを後にした。

体育館前に立てられた合格者番号の記された看板。僕は必死で目を凝らして見た。そして遂に見つけたんだ。ボク・ノ・バンゴウを……

〝う…受かったんだ！〟

僕はその場に倒れ込みそうになった。

〝電話だ。電話。早くオカンに知らせなくっちゃ〟

校内の電話はどこも列が出来ていて、僕は居ても立ってもいられず校門前に来ていたバスに飛び乗った。

うれしくて、うれしくて後部座席にドンと腰をかけ、学生課でもらった書類を得意気に膝の上に置いた。

〝電話……〟

早足になって駅前の電話ボックスに駆け込んだ。

〝オカン…オカン…〟

何度も呼び出してはいるが全く出る気配がない。

〝オカン…オカン…受かったんやで！　オカン、あんたのダメな息子が遂にやったんや〟

伝えることが出来ず仕方なく中央線に乗り込みアパートに向う。

東京の街が今日は初めて光り輝いてるように見えた。いつもの道も、いつものバス停も、いつもの街並みも全て、僕を祝福する歌をうたってるようだ。

〝受かったんだ！〟

もう一度、自分にしっかりと言い聞かせる。

「スゴイやん！」

今度は声に出して僕はアパートの階段を駆け上った。

部屋で何度も電話をかけてみたけどやっぱり誰も出なかった。

〝大変なことになってるのだろうか？〟

親父が言ってた「結果が良うても悪うても一ぺん、京都に帰ってこい」を思い出して、僕は急いで身支度を始めた。

今から出れば京都には夕方には着く。パァーッと明るくなった居間で、今夜は家族団欒《だんらん》すき焼きでも食べたい。

部屋を出ようとした時、電話のベルが鳴った。

〝オカンだ！〟

僕は慌てて靴も脱がず電話を取った。

「オ、オカン！」

「どうだった？　じゅん」

僕は動揺した。その声は美奈だったからだ。

「どうだったの？　じゅん」

僕は言葉が出なかった。とても気まずい。

「びっくりした？」

美奈は大人の声をして聞いた。その落ち着いた声が、僕をまた今朝までの浪人生に逆戻りさせるようで気が滅入った。

「何で知ってんの？」

僕の気持ちはすっかり醒めていた。

「美大に電話して、結果の発表日がいつかって聞いたの」

その言葉をとても重く感じた。

「で、どうだったの？」

「受かったけど」

僕はぶっきらぼうに言った。

「やったじゃない！　おめでとう！　すごいじゃない！」

今まで、誰よりも誉めてもらいたかった相手なのに、僕は戸惑っていた。

「ねぇねぇ、今日いる？　今から行っていい？」

美奈はうれしそうに聞いたが僕は、

「これから京都に帰るからアカン」

と、冷たく答えた。

あんなに愛していたはずなのに。あんなに必要だった人なのに。今はこの電話すら早く切りたかった。

「いつ戻るの？」

美奈は淋しそうな声になって言った。

「わ、分らへん……」

僕は遂に明るい未来を摑んだんだ。その未来には一抹の翳《かげ》りがあっては困るんだ。僕はその未来を一人で歩んでゆきたいんだ。それには過去は、とても邪魔だった。

「どうしちゃったの？　じゅん」

「どうもしてへんよ」

「何かあったの？」

「何もあらへんよ」

美奈は泣き出した。もう、それ以上話すこともなくなって僕は静かに受話器を置いた。僕は美奈を振り払うように急いでアパートから逃げ出した。

〝捨てたんだ僕は、美奈を
僕の未来のために〞

僕が帰省した夕刻、親父も会社を早退していた。

「ようがんばったな。お母さんもきっと喜ぶで」

親父は隣の部屋に続く襖を少し開け、オカンの様子を見ながらそう言った。

「早よ言うてやりたいけど、よう寝とるさかい、起きよったらな」

医者からもらった薬が効いてるらしい。

「お母さんはな、おまえのことが心配で心配で、こんなことになりよったんや」

「ごめんな。ホンマごめんな……」

「起きてきたらお母さんに直接言え」

疲れた顔の親父はそう言って台所に立ち、

「魚でも焼こか？」

と、言った。

その夜、オカンはとうとう起きてこなかった。親父に手伝ってもらって蒲団を運び、僕はオカンの横で寝ることになった。

東京での生活が嘘のように静まり返った部屋の中で僕は、オカンの寝顔を見つめてた。

人を好きになったことは何度もあったけど、人を愛したことなんて一度もなかった。だから僕が好きになった人が僕を愛してくれようとした時、どうしていいのか分らなくなった。その愛が重過ぎて、僕は逃げたくなるんだ。

翌朝、オカンはやっと目を醒まして、

「あんた、どないしたんやな？　もう大学は諦めて帰ってきたんか」

と、気だるい声で聞いてきた。

「違うんやて、受かったんやで、美大。それも一番倍率の高い科に受かったんやで」

と、僕は飛び起きて、蒲団の上に正座して言った。

親父はもう出勤していたので、静まり返った家は二人っきり。オカンの虚《うつ》ろな目に涙が光った。

「そうか、そうか、良かったなぁー」

何度も何度もそう呟き、

「お母さんはなぁ、もうあかんかも知れへん」

と、言った。

「何言うてんねん、これからやないか」

こんな弱音を吐くオカンを見たのは初めてだったので、僕は何て言えばいいのか分らなくなった。

「川原先生にもうお礼は言うたんかいな」

「まだ言うてへん」

「あかんやないか。あんたを愛してくれはった人にはなぁ、真っ先にお礼を言わへんと」

「だから、真っ先に……」

〝オカンに会いに来たんや〟と言いかけて口籠った。

「良かった。ホンマ良かった……」

そう言ってオカンはまた瞼を静かに閉じた。

〝オカン、ありがとうな。ホンマありがとうな。元気になってくれよ、なぁオカン〟

それからオカンの容体はいい日もあれば悪い日もあった。

「もうそろそろ、東京に戻るわ」と、言った三日目の朝、親父は、

「用事がなくても、お母さんに電話だけはしてやれや」

と、玄関先で言った。

「うん、分った。お父さんありがとうな」

親父は照れ臭そうに笑って、手を振った。

京都駅の新幹線ホームに立ち、上京したあの日のことを思い出した。

僕は白のスーツの上下を着て、ギターケースだけを片手に持って。

〝サヨナラだけが人生さ〟なんて言って、旅を続けるフォーク・シンガーを気取ってた。でも、そんなフヌケな理想はすぐに吹き飛ばされ、僕は初めてどこにも立場がない自分を知っ

た。探し求めてた自分なんて、結局どこにも居なかった――

夕暮れ迫る東京駅に降り、中央線に乗り継いだ。

三日くらいここを離れてたからって、何も変りはしないが、いつもより墓場もアパートの錆びた階段も光が当っている気がした。

アパートの鍵は壊れていて、ドアを二、三度蹴れば開いた。

部屋中に籠った空気がどっと逃げ出してくる。でも……

〝何だか違う〟

それが僕には分った。

それは美奈の臭い。ほんの微かだけどあの香水の臭いを感じ取った。きっと美奈が来たに違いない。

僕のいないこの部屋で美奈は何を想っていたのだろう?

結局、僕は自分以外の人のために生きることなど出来なかった。

「ごめん……」

一人呟いた言葉は美奈が嫌いだった僕の口癖。

嘘をついた時、必ず言った責任逃れの言葉――

〝君と抱いた夢が花を開いた頃
君のほんの数時間が僕の一日だった
階段に響く君の靴音
僕はわざと眠ったふりするそんな暮し
君の恐れていた時を僕は犯した
それはあまりに突然　君を踏みにじった
使い方を間違えた電話機が泣く
時が止った夜そんな暮し　ここを離れて
思い出の染み付いた家具が配置を変えて
そして何気なく積み込まれ
君を送ったバス停までの道
引越しのトラックが無言で通り過ぎる
君が教えてくれた数少ない言葉は今
僕の頭の中で回り出す
さようなら思い出の街
さようなら君

「イヌー！」

キャンパスの向うから友達が僕を呼んでいるのが聞える。夢にまで見た美大での新生活が始まったんだ——

一つだけ変ってないことといえば、僕のアダ名。

「イヌー！　デザイン概論の授業どうする？」

僕は笑いながらその声に向って走り出した。

解　説――さよならはじゅんがいうべきだった

山田五郎

　のっけから自慢にもならない話で恐縮だが、私はこの小説の読者として、たぶん世界一・向いていない。

　本書『自分なくしの旅』は、乾純《いぬいじゅん》ことみうらじゅんが自らの青春時代を赤裸々に描いた自伝的小説三部作のうち、高校篇である『色即ぜねれいしょん』と大学篇『セックス・ドリンク・ロックンロール！』の間を埋める浪人篇だ。

　みうらさんと私は東京タワーができた１９５８年生まれ。共に中流サラリーマン家庭の「なにひとつ不自由しない不自由さ」の中で育ち、似たような怪獣やマンガや美術やロックに夢中になり、彼は京都、私は大阪で思春期を過ごした後に上京し、将来への不安に怯えつつも調子こいた大学生活を経て、同じ出版業界で生きてきた。

そんな共通点の多さもあって、四半世紀ほど前に「髪型こそ正反対だが魂は同じ」と意気投合してからは、二人でこなした仕事も朝まで飲み交わした杯も数知れない。中でも『仮性フォーク』というネットラジオ番組では、2002年から2年がかりで計38回にわたり、みうらさんが高校から大学時代に弾き語り宅録したオリジナルソング400曲以上を彼自身の解説付きで完聴させられるというハードな修行を積んだ。収録時間は後にDVD『DTF』（童貞フォークの頭文字）青盤・赤盤2枚に収められただけでも約40時間。カットされた部分と収録後の反省会も含めれば軽く300時間を超える。

みうらさんが作る曲は、彼の文章と同様に、すべて自身の実体験から生まれたものだ。『仮性フォーク』を通じて彼自身も忘れていた出来事や70年代当時の童貞の気持ちを改めて掘り返したことが、後の自伝的小説三部作に生かされているとしたら、私の修行も報われる。ただしその代償として、私はみうらさんの自伝的小説を読むたびに「そこはそうじゃなかったはずだ」とか「その表現は当時はなかった」などと野暮なツッコミが次々にわいてくる、困った読者になってもしまったのだが。

そんな世界一向いていない読者である私が証言する。本書『自分なくしの旅』は、世にあまたある自伝的小説の中でもすぐれて自伝的な小説だ。大人の配慮や誇張、省略、キャラの合成や時系列の改編などは見られるものの、個々の構成要素はすべて事実と実体験に由来する。作中にちりばめられた詩も当時みうらさんが実際に作ったオリジナルソングにほぼ忠実であり、なにより主人公の心情に嘘はない。

ということは、本書の読者も私と同じ疑問を抱いたはずだ。そう。美奈さん（のモデルとなった女性）は、何が楽しくて（あるいは悲しくて）じゅんとつきあったのか？　これは『仮性フォーク』放送時から、みうらさん自身をも含む関係者全員が理解に苦しんだ最大の謎だった。

本書に描かれているように、美奈さんとじゅんは住む世界も趣味も価値観もまるで違う。彼女は青山の豪邸に住んで正月休みにはママとパリに買い物に行き、おしゃれ仲間が集うホームパーティに招かれ、EW&F《アース》がかかるディスコで踊る、セレブなコンサバ女子大生。対するじゅんは西荻窪の親戚宅に間借りし正月休みには京都に帰れとオカンに泣かれ、東京見物に来た旧友たちと宅飲みし、ボブ・ディランぽい自作の歌を自室で歌う、ただのさえない浪人生だ。

ことほど左様に対照的な二人だが、問題は経済的な格差ではなく、じゅんが美奈さんのような女性を本来は好きではなかっただろうことにある。『自分なくしの旅』で誇張して描かれた美奈さんは、むしろ彼が最も苦手とするタイプの女性なのだ。飲み会の場に「ねぇー、アースとかないの」などとほざく女性がいたら、私はみうらさんのおしぼり投げと「お前、帰れ！」がいつ暴発するか心配で、おちおち酔ってもいられない。彼がそこまでコンサバ系を敵視するのも、美奈さん（のモデルとなった女性）との別れをいまだに引きずっている誠実さの表れではないか。そんな好意的な推測も可能だろうが、高校時代からのみうらさんの思考回路を世界一読み解かされてきた私としては、それはないと断言したい。美奈さんと出会う以前も以後も、それどころかつきあっている最中も、じゅんは一貫してこの手の女性が苦手だったはずだ。

なのになぜつきあったのかは、はっきりしている。彼女の方から近づいてきてやらせてくれ、食事までおごってくれたからだ。最低といえば最低の理由だが、育ち盛りの童貞にとって性欲と食欲はいかなる主義主張や趣味嗜好《しこう》にも勝る。まして東《あずま》てる美《み》似で、告白とベッドへの誘導という童貞最大のハードルをも自然に越えさせてくれたとなれば、拒否する理由はどこにもない。自分はこの女性を心から愛していると思い込み、結婚まで考えるのが自然だろう。

だが、じゅんに限らず男というのは勝手なもので、性欲と食欲が満たされると、忘れていた主義主張や趣味嗜好が顔を出す。ディランをデュランと呼ばれたり似合わないセーターを贈られたりするたびに「何か違う」と居心地の悪さがつのり、やがて会話だけでは間が持たなくなって過剰なセックスに逃避する。こうなると、もはや先がないのは明らかだ。なのに性欲だけでつきあい続ける自分に嫌気がさすが、かといって自分から別れを切り出す勇気もなく、自分に都合のいい設定で書いたお別れソングを自分で自分に歌って聞かせることしかできず、そんな自分がまた嫌になる。じゅんがアパートで独り熱唱して隣の住人に怒鳴られた曲のタイトルは『もうさよなら』。なぜか本書では省略されている二番の歌詞は、「さよならは君がいうべきさ」と逆ギレに近い他力本願からはじまる。

ただでさえ不安で自信が持てない浪人が、愛のないセックスに逃避して自己嫌悪のドツボにはまり、完全に自分を見失う――。まさに「自分なくしの旅」だ。

だが、それは美奈さんにとってはどんな旅だったのだろう？　彼女ほどイケてる女子大生が、じゅんのような身勝手で嘘つきで頓珍漢《とんちんかん》で面倒くさくてマザコンで将来性も見えない浪人生とつきあう意味は、いったいどこにあったのか？

セレブにはセレブの悩みがあって、みうらさんや私が「なにひとつ不自由しない不自由さ」を恨んだように彼女も「恵まれすぎている不幸」から逃げ出したくてデッサン教室に通い、じゅんの頓珍漢さをアートと誤解して声をかけただけかもしれない。だが、単なる不満のはけ口や興味本位の相手なら、じゅんと違って美奈さんには他にいくらでも選択肢があっただろう。なのによりにもよってじゅんを選んで一年以上もつきあい続けたからには、何かしら本気で惹《ひ》かれるものがあったはずだ。

この問題について世界一考えさせられてきた私としては、それはじゅんの優しさと純粋さだったのではないかと愚考する。「あんたは優しい子やさかい」とオカンに何度も力説され、美奈さんに嘘がバレることを必要以上に怖れるじゅんは、実はただのさえない浪人生ではなく、人並み外れた優しさと純粋さの持ち主だったのだ。

じゅんの優しさと純粋さは、「いつでもあんたの味方やさかいな」とすべてを否定せず受け入れるオカンの観音力が育んだ自己愛の強さに由来する。人が正直でいたいのも嘘をついてしまうのも、他人を思いやれるのも身勝手になりがちなのも、すべて自分を嫌いになりたくないからだ。400曲以上もの自分ソングを生み出す原動力ともなった人並み外れた自己愛は、じゅんを最高に優しく純粋な男にも、最低に身勝手な嘘つきにもする。彼が頓珍漢で面倒くさいのもそのせいだが、ひとたび優しさと純粋さに魅せられると身勝手さや嘘まで愛しく思え、矛盾なく受け入れてしまえるから不思議なものだ。

美奈さんも、そんなじゅんマジックに魅せられたにちがいない。さえない浪人やリッチなイケメンは彼女の周りにいくらでもいただろうが、ここまで難儀な自分好きに出会ったことはなかったはずだ。いかにイケてるセレブとはいえ、年端のいかない女子大生。私を含め還暦近いオヤジたちをも長年にわたって魅了し続けてきた魔性の男を、愛さずにいられるはずがない。そして、そんな美奈さんから別れも告げずに逃げたじゅんは、いかに優しさと純粋さの裏返しとはいえ、あまりにも身勝手な嘘つきでしかなかっただろう。

『仮性フォーク』の最終回企画でみうらさんの曲を弾き語りで歌うことになったとき、私は400曲以上の中から童貞時代の名曲『愛らしく』と本書に登場する『もうさよなら』の2曲を選んだ。前者は人を傷つける痛みを知らずにいられた頃のみうら少年へ、後者は美奈さんのモデルとなった女性に捧げるために。

みうらさんの優しさと純粋さに惹かれた同志として「こんな身勝手な男だけど許してあげて」という思いを込め、自分からいいだせなかったじゅんに代わって40過ぎた私が会ったこともない女性に向けて切々と歌い上げる姿は、世界一どうかしていて気持ち悪い。DVD『DTF』赤盤に収録され、ネットにも動画が上がっているようなので、よほど物好きな方は本書の参考資料として覗いてみるのも一興かもしれない。

――評論家

この作品は二〇〇九年十二月小社より刊行されたものです。